눈물밥

황복실 청소년소설

눈물밥

"사는 게 죽는 것보다 더 힘든 거야, 인마! 그래서 죽지 못해 산다는 거야, 새꺄!"
할아버지는 눈에 힘을 잔뜩 주고 나를 똑바로 쳐다보았다.
"멀쩡히 생겨 가지고 못난 놈!"

도서출판 답게

| 작가의 말 |

　고시원을 운영하면서 그곳을 거쳐 간 많은 사람 중에 자갈처럼 머릿속을 굴러다니는 한 사람을 잊을 수 없다. 피부가 유난히 하얗고 키가 훤칠했던 그 청년은, 고시 준비를 위해 401호에 입실했다. 그러나 그는 해가 몇 번이나 바뀌도록 고시에 합격하지 못했다. 그의 눈동자는 길을 잃기 시작했고, 방에서 나오지 않더니, 어느 날부터는 연락도 되지 않고 모습도 볼 수 없었다. 이곳 고시촌에서는 스스로 목숨을 끊는 사람들이 종종 있던 터라 더럭 겁이 났다. 우리는 간단한 소송 절차를 밟은 후, 방문을 열었다. 다행히 우려하던 일 없이 방 안에는 주인 잃은 물건들만 먼지가 켜켜이 쌓인 채로 널브러져 있었다. 그러나 물건을 정리하던 중, 주민등록증과 함께 십삼만 원이 든 지갑을 발견하고 나서 그 자리에 얼어붙고 말았다. 결국 그는 지금까지 주민등록 말소자로 세입자 목록에 남아 있다.
　누군가는 죽는 일도 사는 일의 일부라고 말했다. 끝까지 살라는 말이다. '그리스인 조르바'에 나오는 조르바처럼 세상에 태어나 '무엇이 되는가'보다 '무엇을 하는가'에 삶의 초점을 맞췄다면 어땠을까? 철저한 카르페디엠의 삶을 살면서 자신을 던져놓고, 누군가를 살리는 일에 주력하며 산다면 행복했을까? 적어도 생을 놓아버리는 일은 없을 것이란 생각이 짙어질 무렵, 내 머릿속을 떠나지 않던 401호를 비롯해 고시원 사람들을 소환하기로 마음먹었다. 그들 모두를 행복의 길로 안내하고 싶었다.

오랫동안 고시원을 운영한 덕분에 많은 사람들이 생각났다. 처음에는 고시생들의 입주가 많았지만 지금은 일반 청년들이 대부분이고 각자의 사연과 아픔을 안고 있다. 그중에는 20~30대에 입주해 50을 넘긴 지금까지 살고 있는 사람도 있었다. 나는 그들부터 인터뷰하면서 한 발짝 더 그들의 삶 속으로 들어갔다.

이야기는 책 속의 내용처럼 주인 할아버지가 실제로 개입해 새로운 삶을 살아가는 사람도 있고, 끝내 문제를 해결하지 못해 큰 어려움을 겪는 이들도 있다. 실제 경험한 이야기는 캐릭터를 좀 더 부각해서 이야기를 풍성하게 하고, 해결하지 못한 이들의 이야기는 허구의 옷을 입혀서 만들었다. 그렇게라도 해서 행복의 길로 안내하고 싶었다.

50살에 할머니가 된 나는 지금 3명의 고등학생 손주들이 있다. 수험생인 그 애들이 겪는 아픔, 미래에 대한 두려움과 버거움을 지켜보면서 나는 줄곧 '행복'이란 단어를 떠올렸다. 답이 '행복'이라면 하루하루 행복하게 살아야 하는데 전쟁을 겪는 것 같아 마음이 아프다. 세상을 이만큼 살아본 사람이라는 이유로 조언하고 싶지만, 뻔한 결과를 알기에 지켜볼 수밖에 없다. 그 대신 현실 같은 소설을 쓰기로 마음먹고 고시원 이야기를 시작했다.

에너지가 고갈된 나를 끊임없이 깨우며 글을 쓰게 해준 최은순 작가님께 먼저 감사드린다. 몇 마디 말만 듣고 선뜻 계약해 주신 답게 출판사 대표님과 편집자님께도 감사하다. 끝으로, 글이 늙을까 봐 걱정하는 할머니를 도와 바쁜 중에도 원고를 읽어 주며 조언해 준 외손녀 주하에게 행복을 선물하고 싶다. 주하야, 고맙고 사랑해!

2025년 봄날에

| 차례 |

작가의 말 …… 5

01 고민국, 비밀 입국하다 … 11

02 307호, 햇살고시원 … 25

03 501호, 어린 부부 … 48

04 B03호, 유니크한 패션 디자이너 …… 71

05 301호, 눈물밥 …… 91

06 102호, 광대 품바 …… 115

07 403호, 우리 아이, 우리 새끼 …… 138

08 1년 후, 고민국 돌아오다 …… 160

01
고민국, 비밀 입국하다

　공항 제2여객터미널 지하에 위치한 '다락휴' 화장실 거울 속에 비친 내 모습은 얼굴에서 광이 날 정도로 완벽했다. 밤새도록 뿜어냈을 개기름까지 클렌징 오일로 깨끗이 씻어내자, 햇볕에 까맣게 그을린 구릿빛 얼굴이 뽀송하다. 거기에 샛노란 염색 모발이 어우러져 검정 눈동자가 고양이 눈알처럼 번들거렸다. 거울 속 노랑머리 녀석에게 한 번 쓰윽 웃어 보였다. 웃는 녀석의 얼굴이 나쁘지 않다.

　이 모든 게 태국에서 새벽에 도착해 '다락휴'에서 그야말로 꿀잠을 잔 덕분이다. 다락휴는 태국에서 진하게 신세를 진 가이드, 성수 형이 힘내라며 귀국 선물로 예약해 준 곳이다.
　"짜식아, 어깨 펴! 내 보기엔 너 나름 열심히 했어. 나 같으면 벌써 촌부리에 예쁜 아가씨랑 살림 차렸다. 하하, 농담이고, 한국 가면 지금처럼 무모하게 오지 말고, 계획 잘 세워서 다시 도전해 봐!"

"네!"

"너 한국 새벽 시간에 도착하지? 다락휴 예약해 뒀으니 푹 자고, 깔끔하게 입성해. 또 보자!"

내 손을 잡고 흔드는 형의 손에 힘이 들어갔다. 까딱했으면 주책없이 또 눈물 날 뻔했다.

형의 진한 감동의 선물이 아니었다면, 공항패션은커녕, 골프백 대신 깡통 하나만 차면 '올리버 트위스트'에 나오는 올리버 같은 모습으로 입성했을 거다. 전지훈련이 이런 식으로는 안 된다는 걸 깨닫고 짐을 싸면서 단세포인 내 머릿속도 겁나 복잡해질 수 있다는 걸 알았다. 씻지도 먹지도 않고, 며칠을 촌부리 방구석에 쪼그리고 앉아 같은 생각을 반복하고 있었으니까. 아무리 머리를 굴려 봐도 기, 승, 전, 골프! 그래, 골프를 위해 뭐든 해보자! 라는 결론을 내리고 나서야 촌부리와 작별할 수 있었다.

'다락휴'는 할아버지가 운영하는 고시원처럼 양쪽으로 방만 주욱 늘어서 있었다. 딱, 더블침대 하나와 캐리어가 들어갈 작은 공간이지만 고시원과는 반대로 엄청 깨끗했다. '형, 고마워!'를 외치며 하얀 침대시트가 덮인 침대 위로 몸을 날렸다. 까짓것, 형 말대로 일단 잠부터 푹 자고 부딪쳐 보자.

다닥다닥 붙은 침실 사이로 코 고는 소리가 간간이 들려왔지만, 그런 것쯤이야 귓속에 이어폰만 찔러 넣으면 끝난다. 게다가

USB 포트로 방전되기 일보 직전인 휴대폰을 충전도 할 수 있고, 바로 옆에 편의점까지 있어 라면도 먹을 수 있다. 뭐, 주머니 사정만 허락된다면 내 머릿속이 완벽히 다시 세팅될 때까지 있고 싶을 정도다.

늘어지게 자고 일어나 주머니를 뒤져 탈탈 털어보니 6만 3천 원과 태국 돈 4백 바트가 나온다. 이 정도면 차비와 한 끼 식사를 해결하고도 머리 염색 정도는 무난히 할 수 있다. 사실 태국에서 한국행 비행기 타기까지 개고생을 한 것에 비하면 이런 호사가 없다. 여행인지 전지훈련인지 헷갈리지만 코치도 없이 골프 라운딩을 하면서 뭘 바라겠는가!

부푼 꿈을 안고 크리스탈베이 골프장에 입성한 나는 엄마와의 약속대로 하루 두 번씩 라운딩을 했었다. 우기라 습하고 꿉꿉해도 더운 것보다 낫다고 스스로를 위로하면서 골프장에서 살다시피 했다. 비가 쏟아져도 라운딩을 멈추지 않자, 내 별명은 어느새 '노랑머리 독종'으로 불렸다.

한국 김 프로에게 배웠던 포인트 레슨을 떠올리며 수없이 볼을 쳐 나만의 비거리를 계산하고 꿈속에서도 붕붕 뛰어다니며 공을 날렸다. 하지만 아이언의 비거리는 칠 때마다 달랐고, 옆에서 이래라저래라 하는 사람들의 말에 휘둘려 잘 되던 것도 헷갈리기 시작했다. 죽기 살기로 연습했지만 뭐가 잘못된 건지도 모른 체

하는 연습은 그야말로 맨땅에 헤딩하는 거랑 똑같았다.
보따리를 싸기로 마음먹은 날,
그날도 나는 빗속에서 라운딩을 하고 있었다. 쏟아지는 비 때문에 팀원들은 다 가버리고 혼자 라운딩을 할 때였다. 3번 홀에서 드라이버를 치고, 공이 떨어진 자리에서 비거리를 계산했다. 투온을 시키기 위해 8번 아이언으로 스윙하는데 공은 그대로 있고 내 몸만 휙 돌아갔다. 있는 힘껏 뒤땅을 쳐 아이언은 잔디를 뚫고 진흙 속에 박혀 빠지지 않았다.
"악! 씨발!"
아이언을 빼내는데, 그동안 차곡차곡 쌓였던 어리석음과 분노가 한꺼번에 쏟아졌다. 아이언을 집어던지고 잔디 위를 떼굴떼굴 구르며 소리쳤다.
"아아아악! 아아악!"
빗소리에 쉰인 내 울부짖음은 길 잃은 늑대 울음이 되어 필드를 흔들었다.
"아아아악! 이 등신 같은 새끼야!"
잔디를 뜯으며 나를 향해 온갖 욕을 다 퍼부었다. 조롱하듯 퍼붓는 빗속으로, 꼬일 대로 꼬여버린 바보 같은 나를 패대기쳐 버리고 싶었다.
그때였다.
비 때문에 캔슬된 손님들의 예약을 정리하러 왔던 상수 형이 달려와 진흙투성이의 나를 일으키며 등을 토닥였다.

"인마, 너 혼자 그만 애쓰고 부모님께 도움받아! 나는 잘 모르지만 이렇게는 어려워. 너 근성 있잖아!"

숙소로 돌아와 진흙을 씻어 내면서, 나는 여기까지구나 생각하자, 눈물이 멈추지 않았다. 나름 열심히 했잖나…… 억울하고 쪽팔렸다.

실력이 나아지기를 바랐던 나의 무지함은 이렇게 한계를 드러냈고, 그 한계는 쪽팔림을 등에 업고 아무도 모르게 입국절차를 밟아야 했다. 엄마에게 도움을 청할까도 생각했지만 그건 아주 잠깐이었다. 썬 파워 J 계획녀인 엄마는 내가 전화만 하면,

"잘 지내지?"

"하루에 두 번 라운딩 하기로 약속한 것 잘 지키고 있지?"

이렇게 딱 두 마디만 묻고는 내 이야기는 듣지도 않은 채, 바쁘다며 전화를 끊어 버린다. 자기 계획만 확인하면 만사 오케이라는 것을 눈치 채는 것은 17년 동안 몸으로 체득한 내 눈칫밥이다. 엄마의 마음 저편에는 내가 생활비라도 더 달라고 하면 자신의 계획이 틀어지니 그런 반응은 당연하다. 그러니 엄마의 도움을 받는다는 건 슈크림 빵에 이빨도 안 들어갈 말이다. 그 후로는 나도 엄마의 전화를 씹어 버렸다.

아빠는 또 어떤가! 축구판을 기웃거리느라 공부는 뒷전으로 살

다가 결혼했단다. 어렵게 시작한 사업에 전력투구했지만, 원수 같은 코로나까지 덮쳐 자기를 안 도와준다나 뭐라나. 중2 때 골프를 하고 싶다고 하자, 누구 죽일 일 있냐며 운동판 놀음은 자기 하나로 족하다고 까딱도 안 했다. 한때 잘 나가던 시절, 너를 왜 골프 연습장에 데리고 다녀 똥바람을 넣었는지 모르겠다며 인상을 구기곤 했다. 그래도 나는 틈만 나면 골프 연습장으로 달려갔다. 그걸 지켜보던 엄마의 미지근한 도움의 손길이 뻗은 건 내가 집을 한 번 나가 주는 센스 덕분이었다.

골프 연습장 회원들 모두가 팀을 짜서 라운딩을 가는 날, 아빠는 적어도 보기플레이 정도는 해야 체면이 선다고, 보름 전부터 인도어와 파주에 있는 파3 골프장을 오가며 연습에 열을 올리고 있었다. 와우, 이참에 아빠보다 훨씬 센 드라이버 파워도 증명하고, 그동안 갈고닦은 내 실력을 보여 줄 테다, 나는 무조건 골프백을 챙겨 파3 골프장을 가려는 아빠를 따라붙었다.

"뭐야?"

"나도 연습장 회원이잖아요! 필드에 가려면……."

"어른들만 가는데 네가 끼겠다고?"

"김 프로님이 같이 가자는데요?"

"참…… 나…… 한창 공부할 나이에 연습장 다니는 것도 못 봐주겠는데 라운딩까지 하겠다고? 너 제정신이야? 골프는 개나 소나 다하는 줄 알아? 골프 프로가 조기축구 선수 같은 줄 아냐? 그것도 머리가 팍팍 돌아가야 되는 거야. 너 같은 돌대가리는 안 된다니까!"

무슨 아빠가 저러냐? 아들 기는 세워주지 못할망정 사사건건 개무시다. 꿈도 못 꾸게 기를 팍팍 죽이는 저 심보, 공부 못하는 인간들이 공부 빼고 다 잘한다는 걸 모른다.

자기 골프채만 싣고 거칠게 출발하는 자동차의 검은 연기를 그대로 들이마시며 주먹을 불끈 쥐었다. 돌대가리라면 그 유전자는 어쩔 건데? 그 길로 일주일 치 용돈 4만 원을 가지고 찜질방으로 숨어 버렸다.

하루, 이틀은 무심한 척 버티던 엄마가 삼 일째부터 무너지기 시작했다.

"민국아, 너 진짜 이럴 거야?"

"……."

"그래봐야 안 되는 건 안 되는 거야!"

"……."

"엄마는 입으로 뱉은 말은 꼭 지키는 거 알지?"

"……."

협박성 문자는 일주일이 되자 절규로 바뀌었다. 쏟아지는 엄마의 카톡과 문자들, 그걸 외면하느라 나 또한 돌이라도 씹어 먹을 듯 왕성했던 식욕까지 잃을 지경이었다.

"민국아, 내가 잘 못 했다! 그래, 너 하고 싶은 거 다 해. 제발 돌아오기만 해. 응?"

처음에는 내 작전이 그대로 먹혀 내 요구를 몽땅 들어 주는 줄 알고 나의 계획을 줄줄이 읊었다. 일단 골프채부터 좋은 것으로 바꿔 주고 유명한 코치를 붙여 달라, 빡세게 전지훈련을 해서 기본 점수부터 올려야 한다. 학교에 매일 출석하지 않아도 상관없게 특별 운동부서에 속해야 한다는 둥, 주변에서 귀동냥한 내용을 전했다. 다급했던 엄마는 골프채를 바꿔 주고, 학교 출석 문제만 해결해 주고는 아빠한테 내 문제를 떠넘겼다. 아빠는 조금만, 조금만 하면서 미루며 나를 질리게 했다. 고등학생이 되자, 보다 못한 엄마가 천하의 부드럽고 온유한 오은영 박사님 말투로 또 나섰다.

"민국아, 아무리 생각해도 집안 사정을 고려하면 시작점은 여기 같아! 일단 코치와의 전지훈련은 무리고 너 혼자 가서 해 봐. 네가 할 수 있는 운동인지……. 선수가 되려면 돈 엄청 든다더라. 그래도 약속은 약속이니까."

지극히 엄마다운 술수다. 나를 어르고 달래며 태국 촌부리의 현지인 하숙집에 떨궈 놓은 일은 그로부터 2개월 후였다. 엄마는 굳은 결심이라도 한 듯 아랫입술을 한번 꾹 깨물더니 석 달 치 하숙비 200만 원을 달랑 쥐여 주었다.

"사내놈이니 골프가 그렇게 하고 싶으면 눈치껏 네가 알아서 해보고 판단해! 대신 라운딩비와 식비 정도는 계산해서 매월 보낼게."

 일단 계좌부터 네 힘으로 터보라는 말을 남기며 매몰차게 돌아서는 엄마의 뒷모습은 또 집을 나가도 찾지 않겠다는 비장한 각오 같았다. 당연히 석 달을 못 버티고 보따리를 싸야 했으니 비행기 표 값을 달라고 어찌 입을 떼겠는가! 그 덕분에 보름 동안 지팔지꼰이 되어 성수 형 가이드 보조 노릇까지 했다. 오직 비행기 표 살 돈을 벌기 위해서다.

 새벽 시간에 도착할 수 있도록 시간을 계산해 일단 다락휴에서 늘어지게 잔 것까지는 계획대로다. 알바하려면 비주얼도 이만하면 됐다. 학교는 전지훈련 간 걸로 되어 있고, 조금 있으면 방학이니 몰래 쥐새끼처럼 입국해 당분간 편의점 알바라도 해서 먹고 살 계획인데 잠을 잘 곳이 문제다. 아무리 머리를 굴려 봐도 며칠이라면 모를까 방을 구할 때까지 있을 곳은 무리다. '에이, 욜로족으로 살긴 글렀다!'
 거울 속의 노랑머리에 왁스를 살짝 발라 뿌리 쪽으로 손을 넣어 세우는데 검정 머리칼이 먼저 발딱 일어선다. 자세히 보니 노랑머리 뿌리로 검정 머리가 4센티쯤 올라와 있다.
 사실, 촌부리에 짐을 풀자마자 머리부터 탈색했었다. 탈색한 머리가 검정 머리로 다 자랄 때까지 죽기 살기로 연습하겠다는 나만의 약속 의식 같은 거였다. 하여튼 도움이 안 된다. 머리까지 존나게 안 자라 이건 또 어쩔 거냐? 만약에 엄마나 아빠가 본다면? 엄마는 밥 먹는데 눈치 없이 방귀 뀌고 딴청 부리는 아빠를 쳐다보듯 할 테고, 아빠는 태국까지 가서 알카자쇼나 구경하고 다녔냐고 비아냥댈 것이다. 나를 아는 사람을 만난다 해도 마찬가지다. 나는 고1 학생이니까. 노랑머리 학생은 한국에서는 있으면 안 되는 일이었다.

바퀴가 빠져 달아나고 찌그러진 커다란 여행가방과 골프백을 쳐다보자니 갑자기 고물가방과 내가 겹쳐 보인다.

"씨……발!"

철제 트렁크를 발로 툭-걷어차자, 그러잖아도 약간 기울어진 채 버티던 트렁크가 기다렸다는 듯 넘어간다. 와, 진짜……넘어가고 싶은 건 나인데 가지가지 한다. 이 와중에 배 속에서 꼬르륵, 똥물 내려가는 소리가 요란하다. 아후, 일단 배 속부터 채우고 머리 염색할 곳을 찾아보자. 캐리어를 가져와 골프백과 트렁크를 싣고 콩나물 국밥집으로 향했다. 키오스크로 콩나물 국밥을 주문하려는데 이런, 카드 결제다. 그 흔한 체크카드라도 하나 만들어 주지, 계획녀 덕분에 쪽팔림을 무릅쓰고 카운터로 향했다.

"콩나물 국밥 하나 주세요!"

내가 원하던 시원하고 칼칼한 콩나물 국밥은 아니지만 새우젓과 고춧가루를 조금 첨가하니 그럴 듯한 맛이 난다. 게 눈 감추듯 국밥 한 그릇을 다 비우고 흐르는 땀을 머리카락이 흐트러지지 않게 잘 닦아낸 후, 밖으로 나오자 갑자기 고아가 된 듯 앞이 깜깜했다.

'어디로 가나, 일단 미용실부터 들러 머리색부터 바꿔야 하는데 커다란 트렁크와 골프가방을 끌고 어쩐단 말이냐!'

답이 없다. 친구들을 부르자니 전지훈련이 끝난 걸로 학교에 보고될 테고, 그러면 학교에 가야 한다. 그 후의 사건은 생각하기도 싫다.

한참을 공항 의자에 넋 놓고 앉아 있는데 자꾸만 눈앞에 아른거리는 사람이 딱 한 명 있다. 할아버지! 의리 있는 할아버지는 부모님께 비밀로 해달라면 그리 해 줄 거다. 그 대신 욕 한 바가지 먹을 각오를 단단히 해야 한다. 하긴 욕먹는 거야 단련되어서 괜찮다지만 이곳에 오신다면? 목소리 울림통이 보통 사람의 세 배는 족히 넘을 할아버지가 '야, 이 자식아!' 만 외쳐도 모두의 눈이 내게 와 박힐 거다. 생각만 해도 아찔하다. 스마트폰을 열어 2백 38명의 친구 목록을 훑고 또 훑어도 마땅히 연락할 친구가 없다. 여친 소영이를 잠깐 생각했지만, 아무리 갑갑해도 그건 아니다. 불과 몇 달 전에 골프 프로의 원대한 꿈을 이루겠다고 큰소리치며 폼 나게 굴었으니까. 17살 인생 참 보잘것없게 무너진다.

공항 밖으로는 나갈 생각도 못한 채, 몇 시간이 훌쩍 지났다. 배 속에서 또 밥 들어오라고 아우성이다. 라면이라도 하나 사 먹을까 하다가 주머니 속에 남은 돈을 생각하니 선뜻 결정을 못 내린다. 이제 정말 벼랑 끝이다.

내 손은 어느새 '우리 대장'이라고 입력된 번호를 꾸욱-누르고 있었다. 전화기 너머로 호탕한 목소리가 날아든다.

"하하, 우리 새끼! 한국 들어왔어?"

뒤에서 나를 보며 소리치는 줄 알았다. 반사적으로 몸을 돌려 한참을 두리번거렸지만 목소리의 주인공은 전화기 너머의 소리뿐이다. 더구나 기다렸다는 듯 반가운 하이 톤이다.

"아니, 그게 아니고요. 그게 저, 저…….."

"사내놈이 아니긴 뭐가 아니야! 잘 왔어. 할아버지는 대환영이다! 껄껄껄, 엄청 보고 싶다. 우리 새끼!"

"어디세요?"

툭, 튀어나온 질문은 나 쫄보예요! 라는 말과 동일시되고 있었다. 똥멍충이가 따로 없다.

"어디긴 어디야, 햇살 고시원이지. 기다려, 할아버지가 공항으로 갈 테니 1시간쯤 후에 3번 게이트 쪽으로 나와."

대답할 겨를도 없이 전화를 툭 끊는다. 아무도 모르게 입국한 사정을 말해야 하는데 입도 못 뗐다. 서둘러 '우리 대장' 통화 버튼을 다시 한 번 꾹 눌렀다.

"왜? 너 온 거 비밀로 하라고? 알았어, 인마! 걱정 말고 이따 봐."

귀신이다. 아니, 나 몰래 CCTV라도 달아 놓았나? 아니면 어느

구석에 사람을 꿰뚫는 칩이라도 박아 놓았나? 내가 입국한 걸 어떻게 안 거지? 아무리 생각해봐도 미스터리다. 여튼 할아버지가 오기로 했으니 일단 안심이다. 그 후에 욕을 먹든, 매를 맞든, 쪽팔리든, 에라, 모르겠다. 일단 캐리어에서 짐을 내리고 할아버지를 기다리기로 했다.

할아버지는 정확히 1시간 5분 후에 3번 게이트를 향해 빠르게 걸어오고 있었다. 중절모자에 떡 벌어진 어깨, 허리 위로 바지를 올려 입고 성큼성큼 걷는 할아버지는, TV에서 걸핏하면 상영하는 옛날 영화 '대부'의 알파치노 같았다. 적어도 지금의 내게는 구세주 같은 존재니까 더 그랬다. 그런 할아버지가 나를 그냥 지나쳐 3번 게이트를 열고 빠르게 들어간다.

"할아버지!"

골프가방을 메고 캐리어를 드륵드륵 끌고 뒤따라가니 할아버지가 돌아선다.

"뭐야, 민국이? 이 자식 네 대가리가 그게 뭐야? 까맣게 그을려 눈깔만 반질반질한 거 보니 운동을 좀 하긴 한 것 같은데 양놈 대가리를 해 놓았으니 할애비가 알아볼 수가 있나."

드디어 올 것이 왔다. 나는 몸을 잽싸게 돌려 최대한 사람이 없는 곳을 향해 드륵드륵 소리를 내며 도망치듯 걸었다.

"멈춰! 너 몇 달 만에 할애비 보는데 몸 인사는 해야지. 왜 그렇게 똥줄 빠지게 내빼냐? 이리와 봐."

이쯤 되면 빼도 박도 못한다. 에라, 모르겠다! 가던 길을 멈추고 할아버지 앞으로 천천히 걸어가 내 몸을 맡겼다.

"어디 안아 보자, 내 새끼! 얼마나 영글었나 할애비 힘껏 안아 봐."

체면, 가방, 다 내던지고 눈을 꼭 감고는 할아버지를 힘껏 끌어안았다.

"그럼 그렇지, 사랑한다, 우리 민국이! 누가 뭐래도 넌 내 손주이고 고씨 가문의 대들보인 거 잊지 마라. 환영한다!"

모두가 그렇듯 나 또한 할아버지 앞에선 순한 양이 될 수밖에 없다. 이젠 소리 질러도 상관없다. 통제 불능 우리 할아버지니까.

"할아버지, 엄마 아빠에겐 저 입국한 거 비밀로 해 주세요. 생각할 시간도 필요하고 쪽팔리기 싫으니까."

할아버지께 안긴 나는 기어들어 가는 소리로 중얼거렸다.

"내가 누구냐? 이 할애비가 떡 버티고 있는데 뭐가 걱정이야. 인마, 너 딱 석 달 버티면 잘 버틸 거로 할아버지는 이미 알고 있었어, 말도 안 통하는 객지에서 큰 공부 자알- 하고 왔지. 어쨌든 그 대가리부터 염색하고 나머지 이야긴 듣기로 하자."

6월의 끈적한 바람을 따라 걷는 발걸음이 추를 달아놓은 듯 무거웠지만, 누가 뭐래도 나는 '고두철' 할아버지의 손자, '고민국'이다.

❷
307호, 햇살 고시원

"저희 햇살 고시원은 쾌적하고 조용한 미니 원룸입니다. 내부를 새롭게 리뉴얼해 좀 더 안락한 실내공간으로 다시 찾아왔습니다. 햇살 고시원은 '관악산역'과 가까운 서울대학교 건너편에 위치해 교통이 편리하고 20만 원부터 입주 가능합니다. 또한 여러분들이 편안하게 생활할 수 있도록 각각의 실내에 창문과 욕실이 있고, 편리한 외부 부대시설로 최고의 서비스를 제공합니다."

인터넷 블로그에 소개된 문구를 보고 햇살 고시원을 찾은 이유는 세 가지 조건이 맞아서였다. 첫째는 월세가 20만 원이라 저렴했고, 둘째는 방에 창문과 화장실이 있고, 셋째는 전화기 너머 주인 할아버지의 호방한 말투에 안정감을 느껴서다.

관악산역에서 내려 햇살 고시원을 가는 길은 어느 정도 평지를 걸은 후에도 가파른 고개를 세 개나 넘어야 했다. 213개의 계단을 오른 후, 오른쪽으로 연결된 길을 또 오르고, 두 갈래 길이 나오면 오른쪽으로 30미터쯤 더 가서야 도착했다. 산자락에 기댄 고시원 입구에는 블로그의 사진에서 봤던 낡은 플래카드가 펄럭이고 있었다.

'저렴하고 깨끗한 원룸, 햇살 고시원'

플래카드의 글을 확인한 후, 숨을 고르는데 주인 할아버지 같은 분이 기다렸다는 듯 다가왔다.

"전화했던 청년인가? 방 보러 온?"

좋은 분일 거라고 여겼지만 막상 할아버지 얼굴을 마주하자, 가슴에 새까만 먹구름이 밀려오듯 갑갑해진다. 거칠고 단단해 보이는 커다란 얼굴, 고집스럽고 절대로 꺾일 것 같지 않은 두툼한 입술에 가느다란 눈, 그리고 툭 튀어나온 배……. 배트맨의 팽귄맨 같은 할아버지를 보자, 심장이 쪼그라들면서 벌렁댔다. 나도 모르게 시선을 툭 떨어뜨려 발가락 끝에 힘을 잔뜩 주고는 허리만 살짝 굽혔다.

할아버지는 올라오느라 애썼다면서 사무실 의자를 빼내 앉기를 권한다. 가쁜 숨을 누르며 의자에 엉덩이 끝만 붙이고 앉아 물을 좀 마실 수 있냐고 하자, 할아버지가 냉장고 문을 열어 생수를 찾느라 분주히 손을 움직인다. 그 틈에 얼른 비상약 한 알을 혀 밑에 밀어 넣었다. 물을 마시는 척 숨을 고르고 난 후에야 나른한 감이 밀려오면서 편안해졌다. 주인 할아버지와의 눈 맞춤도 훨씬 수월하다.

내가 앓는 병은 불안장애다. 고시원 주인들은 타인의 시선을 꺼리는 나 같은 환자들이, 뒤로는 까탈스럽고 요구가 많다면서 입주시키길 꺼린다. 지금 살고 있는 집주인과도 내 입장에서 확인되지 않는 일로 구청에 몇 번의 신고를 했었다. 화가 난 주인은 두 달분 월세를 안 받을 테니, 당장 방을 구해 나가라고 해서 햇살 고시원을 찾은 것이다.

"청년은 어떤 방이 필요한가? 방은 입맛대로 있어. 큰 방? 아니면 저렴한 방? 아니면 밝은 방?"

두툼한 입술로 다짜고짜 반말이다.

"아, 네…… 제가 블로그에서 본 방은 20만 원짜리입니다."

분명 기분 나빠야 할 시점인데 나도 모르게 묻는 말에 공손히 대답하고 있었다.

"블로그라니? 인터넷 부동산 말인가?"

"아닙니다. 햇살 고시원이 운영하는 개인 블로그가 있었습니다. 어르신이 관리하시는 것 아닙니까?"

주인 할아버지는 잠시 고개를 갸우뚱하더니 껄껄 웃으며 혼잣말을 한다.

'이놈이 한 건 했네. 밥값을 하긴 했어.'

"네?"

"아무것도 아니야, 따라와 봐, 20만 원에 화장실 있는 방은 이 근처에는 없을 거야. 근데 방이 작아. 거기가 예전엔 공동 똥깐이었거든."

할아버지의 목소리는 그 누구보다 우렁차고 센 발음에, 분명 품위 있는 말은 아닌데 단어 조합에 뭔지 모를 친근감이 느껴져 마음이 조금 놓였다.

"상관없습니다."

"거 참, 뉘 집 자식인지 곱상하니 예의도 바르고 똘똘하게 생겼구먼."

"……."

칭찬인지, 추궁인지 모를 말에 대답하고 싶지 않아 입을 꾹 다물자, 할아버지의 말이 이어졌다.

"학생인가? 아니면 고시생? 우리 고시원은 보다시피 청룡산하고 딱 붙어 있어 공부하다가 지치면 산에 올라가 꽃도 보고 풀 향기도 맡고, 가끔씩 다람쥐도 보이니 말도 붙여보고. 지난달에 아카시아 꽃이 핀 걸 봤어야 하는데, 향기가 엄청 나!"

이건 또 뭔 정서인가! 꽃, 풀 향기, 다람쥐라니. '도' 아니면 '모'만 결정하는 윷가락 같은 분인 줄 알았는데 이야기를 나눌수록 갈피를 못 잡겠다.

"한때 행시공부를 하긴 했었습니다. 지금은 좀 쉬고 있고요."

더 이상의 질문은 노땡큐다. 사실 내겐 고문 같은 질문이다. 현재의 나는 학생도 고시생도 아니니까. 대답하다 보면 신상 파악에 접근할 테고, 얘기가 길어지면 내 신상이 다 털릴 거다. 무엇보다 말을 길게 이어 나가는 건 내 촉각을 곤두세워야 하는 일이라 피곤하다.

주인 할아버지는 엘리베이터를 놔두고 계단으로 올라갔다. 3층 정도는 다리 운동도 할 겸 계단을 이용하는 것이 좋다며 뒤따르는 나를 흘끔 돌아보았다. 의도야 어찌 되었든 나쁘지 않은 생각 같아 고개를 끄덕였다. 2층에 오르자 출입구 하나가 먼저 반긴다. 이 문은 산으로 통하는 문이고 산책을 하거나 빨래를 말리는 곳이라며 주인 할아버지가 문을 벌컥 열었다.

"아이쿠, 깜짝이야!"

그곳에는 아직 피서철도 아닌데 까맣게 그은 애송이 녀석 하나가 땀을 뻘뻘 흘리며 바닥에 쌓인 나뭇잎과 흙, 담배꽁초 등을 치우고 있었다.

"놀라긴, 네가 소개한 인터넷인지, 블로그인지 첫 손님이다! 여긴 고민국! 내 맏손자고."

아직 입실 결정도 안 했는데 할아버지가 먼저 선수 치는 것 같아 인사하고 싶지 않았다. 더구나 누군가와의 새로운 만남은 질색이다. 두려움의 대상이 하나 더 늘어날 테니까.

"안녕하세요?"

애송이 녀석이 몸을 벌떡 일으켜 먼저 인사했지만 대꾸하지 않고 돌아섰다.

"에이, 아저씨 뭐예요? 인사도 안 받고 왜 쌩까요? 무안하게시리……."

넙죽넙죽 생각 없이 내뱉는 녀석의 입에서 무슨 말이 더 튀어나올지 몰라 3층 계단에 막 올라서려는데 녀석이 한마디 보탠다.

"아저씨 '아싸'예요? 공부만 죽어라고 한? 얼굴에 범생이…… 그렇게 쓰여 있어요."

생면부지인 어린 녀석이 내게 대뜸 '아싸'라니…… 내가 제일 듣기 싫은 말이다. 그러잖아도 쓸모없는 인간이라는 생각에 무기력해질 때가 많은데, 함부로 떠드는 녀석의 입에 시퍼렇게 녹슨 자물통을 꽉 채워주고 싶다. 웃기는 자식! 내가 '아싸'든 '인싸'든 너랑 무슨 상관인데? 주인 할아버지 손자라고 어린 녀석이 아주 시건방져. 현재 나는 고객이고 네 할아버지는 고객에게 방을 소개해 수입을 올려야 하는 입장이라고. 무식한 놈! 나는 녀석의 무례함을 꿀꺽 삼키며 계단을 내딛었다.

"아싸 아저씨! 전 여기 2층에 살아요. 아저씨도 얼른 입주하세요. 공기가 끝내줘서 재채기 알레르기도 다 나았어요."

"나 아저씨 아니야!"

겨우 한마디 뱉는다는 게 그야말로 '나 아싸야!' 이렇게 고백하는 꼴이 돼 버렸다. 귀가 후끈 달아올랐다. 주인 할아버지는 한바탕 껄껄 웃고는 구석에 있던 쓰레받기와 쓰레기봉투를 애송이에게 건네며,

"우리 새끼, 범생이든 아싸든 이 청년이 여기 입주하면 형 말 잘 들어. 너랑은 종자가 다른 것 같으니까."

한마디 툭 던지고는 성큼성큼 빠르게 나를 지나쳐 앞서 걸었다.

3층은 복도를 사이에 두고 양쪽으로 7개의 방이 있었다. 할아버지가 안내한 방은 307호 맨 끝 방이다. 게다가 옆방인 306호는 비어 있다. 일단, 잠들기가 어려운 내겐 최적의 공간이었다. 조그마한 방에는 책상과 작은 냉장고, 옷장이 있고 한쪽에 화장실 겸 욕실이 길게 자리 잡고 있다. 화장실이 좀 비좁았지만, 이 정도면 괜찮다. 마음에 들었다.

"지금 이사 와도 됩니까?"

짐을 옮긴 후, 먼저 고시원의 구조와 흐름, 그곳에 사는 사람들의 동선을 살폈다. 그래야 안심이 된다.

햇살 고시원도 다른 고시원과 다르지 않았다. 대학을 졸업하고 행시 준비를 위해 고시원을 떠돈 지 7년째, 이곳 역시 고시생 없는 고시원이기는 마찬가지다. 고시생 대신 배달업을 하는 오토바이맨, LH에서 지원받는 사람, 지방에서 막 올라온 취준생, 그리고 아주 소수의 서울대생이 살고 있었다. 거기에 녀석의 말대로 이도저도 아닌 아웃사이더 나까지 한 명 추가다.

행시가 내 인생 목표였고 부모님의 바람이었던 시절, 나는 잘 나가는 인싸이더였다. 한국사, 세계사를 줄줄 꿰고, 행정법의 달인이었다. 책을 보면 기억하고 싶은 부분이 카메라로 찍은 듯 머릿속에 저장되기도 해 꺼내 쓰고 싶을 때 불러내면 됐었다.

그런데 지금의 나는 어떤가? 행시 1, 2차에 합격하고도 3차 면접에서 탈락되기를 반복하는 루저, 그 아쉬움에 다른 곳은 쳐다보지도 않는 집착남, 집에서조차 외면당하고 고시원을 전전하며 사는 부질없는 인생, 사람이 두려워 애송이 녀석에게마저 눈을 못 맞추는 아싸, 모든 인간관계의 문제는 쓸데없는 말이 많아 생긴다며 스스로의 감옥에 나를 가둬 버린 불안증 환자다. 더구나 요즘엔 옆방 306호 때문에 돌기 직전의 상태다.

내가 이사 올 때만 해도 3층엔 거의 빈방이었고, 나와 301, 303호에만 사람이 살고 있었다. 그런데 애송이 녀석과 주인 할아버지가 쥐새끼 풀 방구리 드나들듯 오가더니 빈방이 하나씩 채워졌다. 다른 방 사람들은 최대한 접촉을 피하면 되는데 바로 옆방인 306호가 문제다. 육두문자가 섞인 통화 음성은 그렇다 치고, 코를 고는 소리 때문에 잠을 잘 수가 없다. 수면제를 먹어도 소용없다. 드르렁대는 소리로 보아 덩치가 큰 듯했고, 가끔씩 복도에 놓인 오토바이 모자로 오토바이맨인 걸 알 수 있었다. 당장 방을 빼고 싶었지만 3개월의 계약 기간을 주인이 먼저 어긴다면 모를까, 내가 먼저 깬다는 건 내 도그마를 스스로 묵살하는 꼴이 된다. 얼마간 견디다 주인 할아버지에게 전화했다.

"방을 좀 바꿔 주실 수 없나요?"

자초지종을 말하고 최대한의 예의를 갖춰 목소리를 낮췄다.

"에이, 307호! 웬만하면 서로 보듬고 살아야지, 얼마나 피곤하면 그러겠어. 먹고살자고 하루 종일 똥줄 빠지게 배달하고 들어와 곯아떨어진 게 죄는 아니잖아. 안 그래?"

방을 바꿔 주면 그만인데 말이 너무 길다.

"제가 힘들어서 그럽니다. 그냥 방 바꿔 주세요!"

"허 참, 20만 원짜리 빈방은 지금 없어. 그런 방은 나오기가 무섭게 입주자가 들어와. 그리고 어느 방이나 사정은 비슷해."

안 된다는 말이다. 다른 곳 같으면 이후의 통화와 대면은 무조건 사절이다. 문자나 톡으로 법과 관련해 세입자의 권리를 내세워, 조목조목 따지며 물러서지 않았을 거다. 그런데 나도 모르게 꼬리를 내렸다.

"알겠습니다!"

참패다! 만기까지 참고 견디거나 죽기보다 싫은 번역 알바라도 해서 임대료를 보충해 다른 방으로 가는 수밖에.

어젯밤에도 306호의 코 고는 소리 때문에 잠을 자는 둥 마는 둥 새벽에 눈을 떴다. 옆방의 소리는 지칠 줄 모르고 계속됐다. 드르렁대다가 가끔씩 숨을 멈추곤 했는데 그때마다 내 목이 졸리는 듯 갑갑하다. 꾹꾹 눌러 참다가 벽을 쿵쿵 두드렸다.

"왜?"

대꾸하듯 외마디 소리를 잠꼬대처럼 지르더니 여전히 드르렁

댄다. 소음 차단 귀마개를 귓속에 찔러 넣었지만 소리가 작게 들리니 살아 있는 촉각들이 죄다 일어선다. 더 이상 못 견디겠다. 몸을 일으켜 창문 밑, 내가 늘 앉던 자리에 앉아 등을 기대 눈을 감았다. 306호의 소리가 점점 크게 다가와 당장 문을 부수고 쳐들어올 듯 불안했다.

양 하나, 양 둘…… 세다가 내 고백 같은 시로 갈아탔다.

나는 내가 항상 무겁다/나같이 무거운 무게도 내게는 없을 것이다/나는 내가 무거워/나를 등에 지고 다닌다……

양을 세는 대신 김현승 시인의 '납'을 반복해서 외우고 또 외워도 각성제를 먹은 듯 정신은 점점 더 말개졌다. 눈이 빡빡하게 아파오면서 몸속의 세포가 다 일어나 306호에 더욱 집중된다. 어느새 내 머릿속은 306호의 문을 열고 들어가, 드르렁대는 얼굴에 베개를 올려놓고, 있는 힘껏 꽉 누르고 있었다. 화들짝 놀라 도리질을 하며 정신을 가다듬었다. 등허리에 땀이 흥건하다.

'말을 해, 잠을 잘 수가 없다고 말을 해야 알지!'

입을 굳게 닫고 살다 보니 말 대신 떠오르는 상상이 나를 지배할 때가 많다. 그것이 상상인지, 실제 상황인지 헷갈려 가끔은 그런 나를 통제하지 못해 겁이 났다. 말에도 길이 있다는 데…. 글자 속에 파묻혀 딱 필요한 말만 하고 사느라 말에 살을 붙이고, 이해를 하고, 공감하는 길을 잃어버렸다. 고립감은 점점 깊어져 내가 나를 인정하고 어루만지는 방법조차 생각나지 않는다. 어쩌면 지금, 나는 코 고는 소리를 빙자해 내가 살 길을 모색하고 있는 중인지도 모르겠다.

날이 부옇게 밝아오자, 더 이상 견딜 수 없어 벌게진 눈으로 고시원 입구로 나갔다. 새벽이라 아무도 없을 줄 알았는데 애송이 녀석이 쓰레기를 분리하느라 정신이 없다. 주춤하다가 눈이 딱 마주쳤다.

"아싸 형, 산책 가려고요?"

"……."

"아……씨…… 또 쌩깐다. 형은 거 뭐더라? 선택…… 함구증인가, 뭐 그런 거예요? 왜 내가 말을 시키면 씹어요? 산책 가는 거 아니면 와서 이것 좀 붙들어 봐요."

애송이가 커다란 재활용 봉투를 벌리며 쳐다봤다. 건방진 놈! 묵살하고 쓰레기통을 지나쳐 산으로 올라가는 계단을 오르는데 뒤통수가 따갑다.

"형! 방 바꿔달라고 했다면서요? 방법이 있긴 있을 것 같은데. 궁금하면 이것 좀 붙들어 줘요."

방법이 있다는 말에 올라가던 발걸음을 멈추고 뒤돌아봤다.

"왜요? 확 땡기죠? 그니까 빨리요."

넉살 좋은 녀석이 이리 오라고 한쪽 손까지 흔들며 헤살거리니, 집에 있을 늦둥이 막내 동생을 보는 것 같았다. 내가 어슬렁거리며 가까이 가자, 녀석이 끼고 있던 고무장갑을 내민다. 장갑을 받아 끼는데 녀석이 한마디 툭 던진다.

"형은 원래 그렇게 예민했어요? 와, 눈이 토끼 눈처럼 빨개요. 날밤 깠어요? 하긴, 머리 좋은 사람들이 좀 피곤하긴 하지……."

뭐가 예민하다는 건지, 너도 한 번 307호에서 살아봐라, 고장 난 탱크 지나가는 소리처럼 드르렁대다가 딱 멈추고, 그러다 푸르륵 내쉬면서 잠꼬대인지 욕인지 중얼거리는 소리를 겪어 보라고 그런 말이 나오나.

"빨리 주워 담기나 해!"

애송이는 뭐가 즐거운지 휘파람까지 불며 폐휴지만 골라 봉투에 넣었다. 아무리 봐도 학교 다닐 나이인데 주인 할아버지 손주라면서 왜 이런 일을 하고 있는지 알 수가 없다. 더구나 녀석은 부끄러움은커녕 뻔뻔하기까지 하다.

"넌 집 없어?"

"그게 아니라 형은 내가 왜 고시원에 살면서 쓰레기 청소나 하는지 묻고 싶은 거죠?"

녀석이 생각보다 머리 회전이 빠르다. 아니면 청소나 하고 있는 제 꼴이 부끄러워 먼저 선수 치고 있는 건지.

"아니, 안 궁금해! 방 바꿀 방법이나 말해 봐. 다른 사람 일에 관심 없으니까."

"형 하는 거 봐서 말해 줄게요. 나도 거래라는 걸 해야죠. 우리 할아버지 말에 따르면 세상에 공짜는 없대요. 그래서 지금 이런 개고생도 하는 거예요."

"알아듣게 말해 봐!"

"내가요. 사실 가출했어요. 뭐. 엄밀히 따지면 할아버지 고시원에 숨어 있으니 가출은 아닌가? 하여튼, 할아버지만 빼고 우리 엄마, 아빠를 비롯해 모두 내가 태국에서 뺑이 치면서 골프 연습하고 있는 줄 알아요."

그럼, 그렇지! 골프에 태국에, 부잣집 녀석은 역시 거국적으로 논다.

"학교는?"

"공부, 취미 없어요. 엄마는 공부가 제일 쉽다는 데 난 글자만 보면 졸려요. 완전 수면제가 따로 없다니까요? 초딩 때 엄마한테 허벌나게 혼났어요! 계획녀에 교양녀라 때리지는 않았는데 완전 고문당했다니까요. 아후!"

녀석은 그때의 일이 떠오르는지 눈을 질끈 감고 고개를 마구 흔들었다.

"왜?"

"형은 원래 말이 그렇게 짧아요? 갑자기 왜 그렇게 궁금한 게 많아요? 형 얘기는 하나도 안 하면서."

한참 떠들던 녀석도 제 신상이 털린다고 느꼈나 보다. 말을 멈

출 시점이 아닌데 멈추고 쳐다본다. 녀석의 날것 같은 말에 빨려 들어가 끊임없이 질문하고 있는 나도 웃긴다. 너는 참, 하고 싶은 말 다 해서 좋겠다…….

"그러니까, 왜?"

"한번은 시험공부를 하는데 존나 조니까, 새벽에 동트길 기다렸다가 옥상으로 나를 끌고 올라갔어요. 그것도 추운 겨울에…… 스웨터만 입혀 세워 놓고 요점 정리한 것을 내게 읊는 거예요. 아주 머릿속에 박아 넣는다니까요. 잠을 못 자서 졸음은 쏟아지지, 추워서 졸지는 못하지 고문도 그런 고문이 없어요. 영화에서 보면 그러잖아요. 잠 안 재우고, 졸면 찬물 확 끼얹어 막 말하라고 하는…… 돌겠더라고요. 어린 나이인데도 옥상에서 확- 뛰어내리고 싶었어요."

오호라, 네 녀석도 잠을 못 자, 지독하게 괴로운 경험을 했군. 거 봐라. 이 녀식아! 내가 지금 딱 그 상황이다.

"너두 경험했네? 그것도 아주 진하게…… 지금까지 곱씹는 걸 보니 단단히 혼이 났었군. 그러니 내가 얼마나 괴롭겠냐?"

"맞아요! 잠 못 자면 뺑-돈다잖아요. 할아버지께 형이 잠을 못 잔다는 말 듣고 신경 쓰이긴 했어요."

녀석은 암만 들볶여도 공부는 아니라고 했다. 자신은 좋아하는 일로 밥벌이를 하는 게 목적이라며 그 외에는 모르겠단다. 녀석의 단순함, 어쩌면 그 속에 길이 있는지도 모를 일이다.

"그래서 누가 이겼어?"

"우리 엄마 못 이겨요. 딱, 오은영 박사라니까요? 근데 유전자가 문제인데 어쩔 거예요? 킥킥! 결국 중2 때 엄마가 KO패 당했죠. 가출했었거든요. 그때, 진짜 학교 다니기 싫었는데 엄마랑 담탱이가 일단 졸업은 해야 된대요. 뭐, 마지못해 빈 가방만 옆구리에 끼고 가면 애들이 책도 펴 주고, 체육 시간에는 체육복도 갖다 놔 주더라고요."

순간, 불안감이 확 밀려오면서 녀석이 일진이구나 생각되었다. 나도 모르게 한쪽 다리를 흔들고 있었나 보다.

"형, 불안하게 왜 다리를 덜덜 떨어요. 나까지 전염되게. 불안은 전염되는 거라던데요? 누가 그랬지? 박사님인가? 에이, 모르겠다!"

"그럼 다른 사람 공부할 때 넌 뭐했어?"

나는 떨리는 다리의 무릎을 움켜쥐고 물었다.

"오전 시간엔 엎드려 자다가 오후엔 골프 연습장으로 날랐죠. 그렇다고 일진은 아니에요. 이래봬도 내 목표가 골프 프로거든요. 골프가 나름 매너 운동이잖아요? 쌈박질이나 하고 다니면 쪽팔리죠. 다만 우리 학교에서 제일 힘 센 놈하고 붙은 적이 있는데 거기서 무너지면 완전 개박살 나겠더라고요. 죽기를 각오하고 싸워 이겼어요. 그 후, 걔가 내 말을 잘 들으니 나머지 애들이야 말해 뭐하겠어요?"

머리가 제법 돌아가는 녀석인데 공부 머리는 안 된다? 하여튼 독특한 놈이다.

"저절로 일진이 된 거네?"

"일진 아니라니까요? 사람을 뭐로 보고! 근데 형 정체는 뭐예요? 지금도 공부하세요?"

제일 어려운 질문이고 도망치고 싶은 질문이다. 하지만 녀석의 말을 묵살할 수는 없었다.

"아니, 아무것도 안 해! 네 말대로 아싸일 수도!"

녀석의 훅 들어오는 질문에 겨우 답했지만, 떫은 감을 한 입 덥석 베어 문 것처럼 껄끄럽고 불편했다. 세상은 쿵쿵 뛰고 있는데 나만 고요해 숨 막힐 것 같은 이 기분, 녀석의 말대로 현재의 내 정체가 뭔지 나도 모르는데 어떻게 설명한단 말인가! 갑자기 머릿속이 복잡해지면서 하던 일을 내던지고 도망치고 싶었다.

애송이는 무심하게 폐휴지를 분류하더니 야무지게 묶어 한쪽에 쌓아 놓고, 이번에는 일회용 그릇들을 분류한다. 고시원에 40명가량의 사람이 살고 있으니, 매일 나오는 쓰레기도 엄청나다.

"이것 봐요! 인간들이 개념이 없다니까요? 족발 처먹고 남은 거를 음식물 쓰레기통에 버려야 하는데 걍 막 버려요. 하루만 쓰레기 정리를 안 하면 구더기도 나와요. 이런 인간은 아주 발라버리고 싶다니까요."

고시원에는 두 종류의 사람들이 살고 있단다. 임대료 날짜를 잘 지키는 사람과 항상 어기는 사람이 있는데, 잘 지키는 사람은 뭐든 깔끔히 처리해 분리수거도 잘할 거라나? 녀석은 스티로폼 그릇들을 정리하면서도 거친 말을 섞어가며 기분 내키는 대로 떠들었다.

"골프가 매너 운동이라고 하지 않았나? 매너 운동을 한다는 녀석이…… 근데 너 골프는 잘 쳐?"

"헤헤! 잘 쳐야죠. 프로가 되려면. 잘 치려고 이러고 있잖아요. 사실 태국에서 쫓겨 왔을 때, 할아버지와 계약을 했거든요. 쓰레기 분리수거는 회당 2만 원, 고시원 청소는 회당 5만 원……, 이런 식으로요. 빈방을 세놓으면 개당 10만 원이고요. 그래서 블로그도 만든 거예요."

그 할아버지에 그 손주다. 세상에 공짜 없다더니, 생각이 둘 다 역대급이고, 방법은 다르지만 사람을 옴짝달싹 못 하게 하는 것도 똑같다.

"그렇게 돈 벌어 뭐 하려고?"

"태국에 다시 가야죠. 존나 열심히 일해서 할아버지 주머니 털어 코치가 인솔하는 제대로 된 전지훈련을 갈 거예요. 3월에 혼자 가서 죽기 살기로 연습했는데 가기 전보다 더 꼬인 것 같아 완전 킹받아요!"

"너희 할아버지는 건물주인데도 지원 안 해줘?"

"할아버지는 짤 없어요. 뭐가 됐던 시작했으면 최선을 다하는 놈에게만 돈을 푼대요. 그 사람이 준비된 자래요. 우리 아빠한테도 짤 없어요. 그래서 나도 기대 안 해요. 그 대신 계산 하나는 확실해요."

녀석의 말을 듣자니 찔리는 게 많았다. 행시 준비로 나이 삼십을 훌쩍 넘길 때까지 집에 손을 벌리자 가족들은 7급 공무원도 괜찮으니 시험을 보라고 했다. 나는 고지가 코앞인데 무슨 말이냐며 막무가내로 화를 냈다. 가족들은 서서히 지쳐 외면하기 시작했고, 나는 고시원을 떠도는 미래 없는 인간으로 살고 있다.

할아버지는 녀석에게 세상을 살면서 무엇이 되고 싶으냐? 하는 질문보다 어떤 사람으로 살고 있느냐? 하는 질문이 더 중요하다는 걸 가르치고 있었다. 미래를 위해 쫓기는 삶보다, 무슨 일이든 자신만의 방법으로 소중히 살아갈 때 행복은 찾아온다는 걸 할아버지께 배우고 있었다. 생각해보니 쪽팔리는 건 나다.

"그렇다고 미래가 창창한 손주에게 이런 일을 시키는 건 좀 그렇지 않나? 보는 눈들도 있는데."

녀석을 통해 할아버지 마음이 알고 싶어 슬쩍 떠 보았다.

"나는 할아버지를 누구보다 믿어요. 할아버지가 '우리 새끼'라고 불러 주면 온 우주가 내 편인 것 같거든요. 할아버지는 언제나 하기 싫은 일부터 끝내야 한댔어요. 지금 내가 제일 하기 싫은 일은 이 더럽고 냄새나는 쓰레기통을 정리하는 거라 새벽에 첫 빠

따를 치는 거예요."

 녀석에 대한 호기심이 강하게 밀려왔다. 어쩌면 녀석이 말하는 우주를 안겨 주는 할아버지가 알고 싶은 건지도 모르겠다.

 "근데 공부 잘하는 사람은 다 그래요? 일머리는 낙제 수준인데요? 봉투만 달랑 잡아주고는 아까부터 쳐다만 보고 있잖아요. 장갑까지 끼고는…… 방 바꾸는 방법을 알려면 일을 빨리 끝내야죠."

 녀석이 잔머리를 굴린다. 그런데 밉지가 않다. 내가 분리한 스티로폼을 주워 담자 녀석이 싱긋 웃으며 말을 이었다.

 "우 씨, 몰래 입국한 거만 아니면 애들 불러 여기 싹 다 치우고 모여서 시원한 콜라에 닭 다리 뜯고 있을 텐데."

 우리는 마주 보며 괄괄 웃었다. 얼마만의 웃음인가. 죄다 나를 공격하고 위험은 내게만 존재할 것 같은 불안을 달고 사느라 나는 늘 심각했고 모두를 경계했었다. 나의 우주는 행시였고, 우주라고 생각했던 행시를 쫓다 힘을 잃어버린 나는, 희망과 함께 웃음도 지워 버렸었다.

 해가 말간 얼굴을 드러낼 즈음 쓰레기통은 깨끗이 비워지고 녀석과 내가 허리를 폈다. 녀석은 자기가 원래 말을 많이 하는 스타일이 아닌데 말 없는 형 때문에 많이 떠들었다고 너스레를 떨며 마지막 정리를 했다. 나도 오랜만에 말을 많이 했다고 맞장구를 쳤다.

"근데 방은 어떻게 바꿔 줄 거야? 할아버지께 부탁 좀 잘해 주라."

"형, 일주일만 오늘처럼 저 좀 도와주세요. 그러면 묻지도 따지지도 않고 방 바꿔 줄게요. 오케이?"

내 대답도 듣기 전에 녀석은 엘리베이터를 타면서 소리친다.

"형, 내일 그 시간에 또 봐요!"

귀신에 홀린 듯 다음 날도, 또 그다음 날도 녀석을 도와 쓰레기를 정리했다. 가끔은 녀석이 내게 빗자루질도 시키고 주차장 물청소도 시켰다. 녀석은 흐르는 땀을 눈으로 꾹꾹 짜내며 숙련공처럼 일을 해냈고, 내게 빗자루만 들고 왔다 갔다 한다며 일터에서 그렇게 일하면 당장 쫓겨난다고 핀잔을 주었다. 공부만 하던 내게는 모두가 새로운 경험이었다. 일을 마치고 녀석과 라면을 끓여 국물에 햇반을 말아 먹으면 얼마나 꿀맛인지, 무엇보다 말동무가 생겨 불안함도 덜 했다. 생각은 한 끗 차이라고 했던가? 경계를 허물어 버리니 마음에 날개를 달아 놓은 듯 가벼웠다.

일주일째 되는 날, 녀석이 조그마한 봉투 하나를 내밀며 묻는다.

"형, 아직도 잠을 못 자요?"

생각해보니 꿀잠을 잔 건 아니지만 코를 고는 소리를 못 들은 것 같다. 선뜻 대답하지 못하자 녀석이 빙글거린다.

"거 봐요. 몸을 개고생시키니 잠신이 강림하죠. 나는 짜장면 먹다가 입에 물고도 깜빡깜빡 존 적 있다니까요."

"하튼 녀석, 뻥도 역대급이구만."

"구라 아녜요! 존나 피곤하면 잠신이 막 쳐들어와요. 계속 일하면 형도 306호와 역전될걸요?"

"인마, 그런 일은 절대 없어! 지금까지 한 번도……."

"한 번도 뭐요? 죽기 살기로 열심히 일해 본 적도 없잖아요. 뭐!"

"……."

"하여튼 오늘까지만 부려 먹을게요. 그리고 저와 방을 바꿔 살아봐요. 제 방이 조금 더 크지만 그쯤은 할아버지도 통과시킬 거예요. 됐죠?"

살면서 이렇게 부끄러운 적이 몇 번이나 될까? 프로이트를 논한 것도 아니고, 행정학을 펼친 것도 아닌데 녀석이 나보다 몇 수위로 보였다.

"됐어, 인마! 네가 내 형 해라! 그런데 이 봉투는 뭐야?"

"계산은 정확해야죠. 일주일 치 수고비예요. 할아버지가 정산해 줬어요."

내가 손사래를 치자 녀석이 세상에 공짜 없다는 말을 남기고 사라진다.

307호, 내 방문을 열었다. 마주 보이는 창문 밑의 동그랗고 누런 얼룩이 먼저 얼굴을 내민다. 불안할 때마다 창문 밑에 기대앉아, 김현승 시인의 시를 외우며 머리를 비볐던 흔적이다. 시간의 흐름 앞에 미래를 닫아 버리려고 안간힘을 쓰던 어제까지의 내가 안쓰러웠다. 지금까지는 미래에 대해 넓고 크게 생각했다면, 이제는 좁히고 좁혀 하루의 몫만 감당하는 것도 나쁘지 않을 것 같았다. 불안을 전시하듯, 책꽂이에 뒤죽박죽 꽂혀 있는 책들을 훑어보았다. 7년 동안 나를 지겹게 따라다녔던, 그렇지만 내겐 분신 같은 물건이다. 책들의 먼지를 털어 가지런히 정리하며 쫓는 사람 없어도 숨 가쁘게 살았던 지난날들도 함께 털어 내기로 한다. 책상 서랍을 열어 안쪽에 밀어 넣었던 가족사진도 꺼냈다. 먼지를 닦아 내자, 투명한 유리 액자 속에 담긴 내 가족들이 활짝 웃는다. 할머니, 할아버지, 엄마, 아빠, 희주, 승수, 그리고 나……. 보고 싶다!

책상 위에 가족사진을 세워 놓고 고시원 청소함으로 갔다. 녀석에게 배운 방법대로 락스세제를 가져다가 얼룩 위에 뿌렸다. 얼룩을 닦아내자, 누렇게 머리 기름때로 입혀졌던 흔적들이 옅어지다가 어느 시점부터 벽지가 벗겨지기 시작한다. 더 이상 흔적을 지우기는 무리다.

그렇다! 불안으로 얼룩졌던 내 지난날도 흔적은 남을 것이다. 하지만 제 살 깎아 먹는 얼룩은 더 이상 만들지 않을 거다. 내

흔적들을 기꺼이 안고 하루씩 살다보면 그 삶이 더께로 쌓이겠지…….

그때였다. 엘리베이터가 멈추고 휘파람 소리와 함께 저벅저벅 다가오던 발소리가 306호 앞에서 멈춘다. 나는 얼른 방문을 열었다.

"안녕하세요? 307호 김승칠입니다. 옆방에 누가 사는지는 알고 지내야 할 것 같아서……."

애송이가 하듯 내가 먼저 손을 내밀었다. 당황한 듯 멈칫하던 306호가, 이내 활짝 웃으며 두툼하고 거친 손으로 내 손을 덥석 잡고 흔들었다.

❸ 501호, 어린 부부

　7월 6일, 어젯밤에 나는 '린치핀' 원룸에서 만삭인 지수와 함께 스마트폰의 불빛에 의지해 깜깜한 밤을 보내야 했다. 지수는 몹시 불안해했고, 처절하게 무기력한 사람이 된 나는 어떤 위로의 말도 생각나지 않았다. 이미 수많은 위로와 다독거림으로 지수를 안심시키느라 지친 내 마음은, 너덜너덜하다 못해 분노로 가득 차 폭발 일보 직전이었다. 설마설마했는데 원룸 관리회사에서 전기를 끊어버리다니, 소리 없는 총이 있다면 당장 쳐들어가서 지시한 사람을 쏴버리고 싶다.

　사실 저축했던 돈까지 바닥난 4개월 전부터 관리회사의 경고가 있었다. 임대료 낼 날짜가 지난 지 일주일쯤 되는 날부터였다.
　'임대료가 늦어지네요! 입금 부탁합니다!'
　처음에는 이렇게 부드럽게 시작했던 문자가, 몇 달 동안 보증금까지 다 까먹자, 폭탄 같은 문자로 바뀌기 시작했다.

'7월 5일까지 입금시키지 않으면 조치 들어갑니다!'

그리고 수없이 많은 문자와 카톡들, 또 전화……. 그때마다 나는 절절매면서 내가 근무하는 철공소 박 사장님의 말을 앵무새처럼 전했었다. 매번 그럴듯한 핑계로 약속을 어기는 박 사장 덕분에 똑같이 거짓말쟁이가 되는 게 끔찍이 싫었지만 도리가 없었다. 박 사장에게 밀린 급여를 정산해 달라고 부탁도 해보고, 눈물을 찔끔찔끔 짜면서 사정도 했지만 돌아오는 답은 자기도 수금을 못해 그런다면서 미안하다는 영혼 없는 사과뿐이었다. 버틸 만큼 버티다가 먹을 것이 떨어지면 영혼마저 탈탈 털렸다. 그렇다고 지수와 배 속의 아기를 굶길 수는 없었다. 어느 날, 나는 작정하고 박 사장의 멱살을 쥐고 흔들었다.

"이 새끼야, 일을 시켰으면 돈을 줘야지. 손가락 빨고 사냐? 니 새끼는 밥은 안 굶잖아. 임산부인 지수는 입덧까지 하는데 맛있는 것은커녕 밥을 굶고 있다고! 돈 내놔, 이 새끼야!"

아버지뻘인 박 사장에게 그러면 안 되는 거였다. 더구나 공고 3학년이 막 시작될 무렵, 박 사장 친구인 김성태 선생님이 현장에서 기술을 숙지하라고 취업시켜 준 곳이라 선생님과도 연결되어 있었다.

박 사장은 나와 엉겨 붙어 싸운 후로는, 내 독기에 파랗게 질려 가끔씩 겨우 입에 풀칠할 정도의 식비를 던져 주곤 했다. 당장 다른 곳을 알아보고 싶지만 밀린 급여를 받아야 하기에 다른 알바를 구할 수도 없었다. 월급 못 받은 건 9개월, 보증금까지 다 까먹고 월세 날짜를 차일피일 미루다보니 4개월을 버틴 것이다.

어느 날, 견디다 못한 지수가 볼록한 배를 안고 편의점 알바를 하겠다고 나섰다. 편의점 알바 경험이 있는 지수와 통화를 한 주인들은 흔쾌히 허락했다가 막상 지수를 만나면 배를 쳐다보고 임신 여부를 물었다. 그리고 고개를 저었다.

그날, 지수는 퇴근해 돌아온 나를 보자 발버둥을 치며 '창창아, 창창아! 이제 엄마 어떡하니?' 하면서 대성통곡을 했다. 창창이는 배 속 아이의 태명이다. 지수의 임신을 확인한 날, 지수는 겁을 냈지만 나는 우리 두 사람의 사랑의 결실로, 아기가 찾아온 거라며 뛸 듯이 기뻐했었다.

어린 나이에 가족을 이룬다는 게 두렵기도 하고, 책임감도 무겁게 느껴졌지만 그보다 지수와 온전한 가족이 된다는 생각에 뭐든 감당할 자신이 있었다. 다행히 취업이 되었고 호기롭게 원룸 계약을 하고 꽃길만 걷자 했었다. 몸이 부서져라 일해 돈 벌어 시설 좋은 산후 조리원도 가고, 가까운 사람들만 초대해 스몰 결혼식이라도 올릴 참이었다. 우리는 그날 머리를 맞대고 태명부터 지었다.

겨울에 생겼다고 '겨울이', 처음 심장 박동 소리가 콩콩 들렸다고 '콩콩이'…… 이렇게 몇 개의 이름을 놓고 선택한 것이 '창창이'였다. 창창이는 우리에게 많은 의미가 있는 태명이었다. 석 달

차이로 둘 다 19살인 우리가 지금은 각자의 부모로부터 외면당하고 있지만, 이렇게 아기가 찾아왔으니 보란 듯 잘 키워 창창한 앞날을 맞이하자는 의미였으니까. 그날 이후, 우리는 창창이 엄마 아빠로 살기로 작정하고 린치핀 원룸에 입주하게 된 것이다. 그런 창창이가 걸림돌이라니. 지수는 얼마나 울었는지 예쁘고 동그란 쌍꺼풀 눈 대신 퉁퉁 부어 붙어버린 눈이 돼 버렸다.

전기가 끊긴 그날은 비까지 추적추적 내렸다. 날이 더워 시원함보다는 엄청 꿉꿉하고 끈적끈적해, 연마 작업을 하는 동안 날린 철가루가 몸에 달라붙어 살갗을 콕콕 찔렀다. 일을 끝내고 샤워할 생각에 발길을 재촉했다.
"지수야, 나 왔어!"
번호 키를 누르고 문을 열자, 비가 들이쳐 창문까지 꼭꼭 닫아놓은 방 안에서 찜통 같은 열기가 훅 끼쳤다.
"불도 안 켜고 왜 그래? 어디 아파?"
절벽 같은 어둠 속을 더듬으며 들어가자, 지수가 스마트폰의 전등에 의지해 벽에 기댄 채, 훌쩍이고 있었다. 가슴이 덜컥 내려앉아 급히 전등 스위치를 찾아 올리려는데, 스위치가 이미 올라가 있었다.
"무슨 일이야? 전기는 왜 나가고? 응?"
땀에 젖어 훌쩍이던 지수가 나를 보자, 목 놓아 울기 시작했다.

불길한 생각이 머리끝에서부터 감전당한 듯 온몸으로 퍼졌다.
"전기를 일부러 끊은 것 같아. 여기……."
지수가 울면서 스마트폰을 열어 내밀었다.
'조치 들어갔습니다!'
아무런 설명도 없이 한 줄로 간결하게 적힌 문자를 확인하고는, 나는 그대로 꿇어앉아 주먹으로 바닥을 내리쳤다.
"미안하다, 지수야! 너 하나 책임지지 못해 이 지경을 만들다니……."
내가 몸을 부르르 떨며 몸부림치자, 지수가 다가와 내 어깨를 지그시 눌렀다.
"철민아, 이제 우리 어떡해?"
"……."
지수에게까지 여러 번 약속을 어긴 나는 더 이상 아무 말도 할 수 없었다.
기다려 지수야! 내일은 박 사장 집에 쳐들어가던가, 관리회사를 뒤집어 놓아서라도 꼭 해결하고 말 테니.

깜깜해 샤워도 못 하고 누운 내 몸에서 땀 냄새와 철공소의 쇠 냄새가 진득하게 달라붙어, 녹이 잔뜩 슨 고철 냄새가 진동했다. 배가 불러 눕지도 앉지도 못해 벽에 기댄 채, 쌕쌕거리는 지수의 숨소리가 내 몸 여기저기를 칼로 긋는 듯 날카롭게 파고들었다.

달빛마저 숨어버린 깜깜한 어둠 속에서 내가 할 수 있는 건, 꾸역꾸역 올라오는 독을 내 몸 가득 채우는 일뿐이었다.

"철민아, 우리 앞으로 어떻게 되는 거야? 차라리 집으로 들어갈까?"

"말도 안 되는 소리! 조금만 기다려 봐. 날이 밝으면 어떻게든 해볼게."

매번 같은 말로 지수를 안심시키고 있는 내 모습이 이제는 처절하다 못해 가엾기까지 했다.

선풍기, 냉장고도 다 멈춰버리고 스마트폰 배터리도 달랑달랑한 현실 앞에 나는 점점 독이 바짝 오른 독사가 되어가고 있었다. 날이 밝기만 간절히 기다리며 뜬눈으로 꼬박 밤을 새운 다음 날도, 우리를 조롱하듯 비는 천둥과 번개까지 번뜩이며 계속 내렸다. 나보다 두 사람 몫을 먹어야 하는데, 어제저녁부터 굶었을 지수가 걱정돼 더듬거리며 냉장고 문을 열었다. 차가운 기운 대신 음식물 상한 냄새가 훅-끼쳤다. 냄새가 방 안의 공기와 섞여 퍼지자, 앉아서 졸던 지수가 코를 틀어막고 구역질했다. 먹다 남은 피자, 떡볶이, 편의점 도시락 등을 꺼내 냄새를 맡아보니 모두 상했다. 돈가스만 괜찮은 것 같은데 잘 모르겠다.

"지수야, 미안해! 상했을지 모르니 삼각 김밥이라도 사다 줄게."

고개를 끄덕이는 지수의 눈자위가 벌게지더니 눈물이 주르륵 흘렀다. 행복하게 해주겠다고 꼭꼭 다짐하며 약속했던 시간들이 미치도록 부끄러워 편의점에 다녀오겠다며 밖으로 나와, 승강기 옆 계단에 쪼그리고 앉았다.

'지수 말대로 차라리 집으로 들어갈까? 같은 여자니까 배부른 지수를 엄마도 어쩌지는 못할 거야!'

잠시 생각했지만, 사랑을 찾아 집을 나갔다가 불행을 짊어지고 돌아가는 꼴은 되기 싫었다. 더구나 집을 나오던 그날, 엄마의 마지막 말이 떠올라 세차게 고개를 흔들었다.

그날, 엄마의 도움을 받으려고 지수의 임신 소식을 알리자, 엄마는 망연자실한 채 물끄러미 바라보다가 그 자리에 털썩 주저앉았다.

"엄마, 지수랑 같이 살자! 식구도 생기고……."

멍하니 한숨만 들이쉬고 내쉬던 엄마는 내 말이 끝나기도 전에 자리에서 벌떡 일어나며 울부짖었다.

"뭐? 같이 살자고? 그게 그렇게 쉬운 문제인 줄 알아? 평생을 책임지며 살아야 하는데 지금 그 마음이 얼마나 갈 것 같아? 응? 지 몸 하나도 책임 못 질 것들이 애만 덜컥 낳아서 어쩌겠다고."

엄마는 마치 정해 놓은 답을 줄줄 말하듯 숨도 쉬지 않고 쏟아 부었다.

"제발, 엄마! 지수 착한 애야. 내가 잘할게. 내가 책임지면 되잖아!"

"잘하는 게 뭔 줄이나 알고 떠드는 거야? 잘할 녀석이 졸업도 하기 전에 사고를 쳐? 으흐흑, 방송에서나 나올 일이 나한테 생기다니……."

엄마는 설마 했던 일들이 자기에게 일어났다고, 평생 살면서 이런 일만큼은 겪지 않기를 간절히 바랐는데 이렇게 터졌다면서 가슴을 쥐어뜯었다.

"지수, 착한 애라니까! 잘못이 있다면 다 내 잘못이야. 그러니까 엄마 제발!"

"이 철딱서니 없는 놈아, 애 생겨 봐라! 그게 생각처럼 쉬운가, 애비 없는 자식 소리 안 듣게 하려고 내가 저를 얼마나 공들여 키웠는데. 못된 것만 닮아서 넌 자식도 아니야!"

엄마는 울면서 한참을 회유와 사정을 번갈아 하다가, 눈물을 손등으로 쓱쓱 훔치며 다가와 내 손을 덥석 잡았다.

"지수 데려와, 우리 좋은 산부인과 찾아보자. 걔네 부모도 그러길 바랄 거야! 응?"

나는 손을 뿌리치며 벌떡 일어나 소리쳤다.

"엄마, 나 그냥 엄마 자식 안 할게!"

엄마에게 날카로운 비수를 꽂아 놓고는 현관문을 박차고 나오는데, 뒤통수를 후려치듯 들리는 엄마의 외마디 소리…….

"이놈아, 제발 어른이 하는 말 들어. 너랑 나랑 겪어 봤잖아! 보나 마나 늬들 불행해진다고!"

나는 아구가 아프도록 이를 악물며 두 주먹을 불끈 쥐었다. 지수와 아기를 절대로 포기하지 않고, 보란 듯 잘 살겠노라고!

생각할수록, 열심히 일하고도 돈을 못 받은 내가 뭘 잘못한 건지……. 또다시 피가 거꾸로 솟았다. 지금이 불행하다면 불행이란 놈도 상황을 봐가면서 와야 하는 거 아닌가? 지수의 볼록한 배에 손을 얹고 창창이의 심장 소리를 느끼면 마냥 행복한데 현실은 슬프다. 행복한데 슬픈 거……. 이게 불행이라면 송철민, 슬픈 쪽은 감당해야지! 한쪽은 부셔버려! 그래야 뛰어넘을 수 있다고!

자리를 박차고 나와 빗길을 내달렸다. 관리회사 앞에 멈춰서 2층 사무실을 향해 고래고래 소리쳤다.

"개새끼들아! 돈이면 다야? 그렇다고 전기를 끊어? 어쩌라고! 다 나와! 피도 눈물도 없는 새끼들아, 나한테 왜 이래!"

이를 악물고 내지르는 내 고함 소리는 빗소리에 섞여 짐승의 울음이 되어 사방으로 퍼져나갔다. 사람들이 모여들고 사무실 직원인 듯한 사람이 내 팔을 잡아끌며 그동안의 일들을 설명하려고 했다.

"왜요? 법이 그렇다고요? 나도 억울하다고! 일 시키고 돈 안 주는데 어쩌라고! 다 고소할 거야! 다 죽여버릴 거라고! 늬들이 사람이야? 우리 지수 어떡해! 우리 창창이 책임지라고!"

사람은 막다른 골목에서 본성이 드러난다더니 내 본성은 여기까지였다. 사정하고, 애걸복걸하고, 달아나고, 숨고, 두려워 떨었는데 더 이상 어쩌라는 건가!

먼지보다 못한 존재로 내동댕이쳐진 나, 지수와 창창이가 아니라면 이대로 땅속으로 꺼져버리고 싶었다.

"다 나와! 다 죽여버릴 거야!"

주저앉아 발버둥 치는데 누군가 다가와 우산을 받쳐준다. 등이 새우처럼 천천히 오그라들었다. 뒤에서 우직한 품이 나를 꼭 안아 일으켰다.

"이 자식아, 그만하고 가자!"

흙투성이가 된 몸으로 나주 곰탕집에 앉고서야 누구한테 이끌려 왔는지 얼굴을 쳐다볼 수 있었다. 처음 보는 할아버지다.

"저…… 누구세요?"

"밥부터 먹자."

"…….."

"여기, 곰탕 두 그릇 주고 한 그릇은 포장해 주쇼!"

곰탕 그릇이 앞에 놓이자 쫄쫄 굶고 있을 지수가 자꾸 아른댔다. 창창이를 위해서라도 먹여야 하는데 숟가락을 선뜻 못 들겠다.

"마누라 걱정 말고 어여 먹어! 가장이 든든하게 서야 마누라는 굶어도 배부른 거야. 포장 하나 부탁했으니 먹고 갖다 줘."

숟가락을 쥐여 주는 할아버지의 온기에 눈물 콧물 쏟으며 곰탕을 떠서 넘겼다. 할아버지는 그동안의 사정을 물었고 나는 낯선 할아버지에게 그동안 겪었던 일들을 털어놓았다.

"어쩐지, 네 눈이 휙 돌아간 게 저러다 사람 하나 죽이지, 싶더라."

"죄송합니다!"

"니가 왜 죄송해! 그 사장 놈이 후레자식이구만! 어린놈이 살아 보겠다고 발버둥 치는데 일을 시키고 임금을 떼먹어? 밥 먹고 앞장 서! 내가 해결해 줄 테니."

노기 띤 할아버지 목소리가 곰탕집 안에 쩌렁쩌렁 울렸다. 밥을 먹던 사람들의 끌끌 혀 차는 소리와 눈길이 우리에게로 쏠렸지만, 아무렇지도 않았다. 오히려 온전한 내 편이 생긴 것 같아 허리가 쫙 펴지고 든든했다.

"아닙니다. 제가 가장인데 제 힘으로 해결해야죠."

"좋아, 그 정신! 암, 그래야지! 가장으로 살다 보면 더 지랄 같은 일도 닥치게 돼 있어. 오죽하면 인생을 광야에 사는 거랑 같다고 했을까."

"네, 할아버지! 고맙습니다!"

"다 먹었으면 일어나자. 얼른 마누라부터 밥 먹이고 짐 싸! 너, 오갈 데 없잖아! 이 할아버지가 관리회사 옆 건물에서 고시원 운영을 하니까 방 하나 내 줄 거야. 주방이 없어 원룸보다 불편할 테지만 살아 봐."

"……."

할아버지의 제안에 나는 그저 어리둥절할 뿐, 아무 말도 할 수 없어 눈만 끔뻑끔뻑하다가 겨우 입을 뗐다.

"돈이 없는데…… 그러니까 외상으로 빌려 주신다는 건가요?"

"아냐, 인마! 어차피 손님방으로 마련해 둔 방이니 방 값, 공과금 걱정은 말고 형편 풀릴 때까지 거기서 지내. 젊어 고생은 사서도 한다잖아? 어깨 펴고!"

"공짜로요?"

처음엔 잘못 들은 줄 알았다. 할아버지가 고개를 끄덕이며 내 어깨를 다독이고 나서야 현실감이 느껴졌다.

"정말 고맙습니다, 할아버지! 열심히 살겠습니다!"

햇살 고시원은 낡긴 했지만 바로 옆이 산이라 공기가 청량했다. 어제 내린 비로 말갛게 씻긴 초록 잎들이 반갑게 인사하듯 반짝인다. 바람이 불 때마다 숲 냄새와 함께 꽃향기가 날아들었고, 주변이 깨끗이 청소되어 기분 좋았다. 한바탕 쓰나미가 훑고 지나간 후의 고요함이랄까? 산더미처럼 쌓였던 걱정까지 한꺼번에 쓸려 내려간 것처럼 마음이 차분해진다.

할아버지가 지정해 준 방은 501호, 5층에 있는 방 중에서 가장 큰 방이다. 외국서 가끔 선교사님이 오시는데 숙소를 잡지 못했을 때를 대비해 손님방으로 마련해 놓은 곳이라 한다. 방문을 열자, 머리에 수건을 질끈 동여맨 청년이 땀을 뻘뻘 흘리면서 화장실 청소를 하고 있다.

"임산부라면서요? 방은 싹 다 청소해 소독까지 했고요. 화장실은 락스를 뿌려 청소 중이니 한 시간쯤 있다가 들어오세요. 냄새가 존나 독해요. 웬만한 건 이 방에 다 있어요. 일단, 필요한 짐만 챙기고 나머지는 킵 하시고요."

녀석이 머리에 묶었던 수건을 풀어 땀을 닦으며 숨 가쁘게 말한다.

"여기 총무세요?"

"아니고요. 우리 할아버지에게 고용된 계약직이에요. 두 사람 잘 보살피라는 지령을 받았어요."

"지령이요? 어떤……."

"그냥, 알아서 하래요. 근데 알아서가 존나 어렵긴 해요. 뭐 먹을까? 했을 때 '아무거나' 이렇게 말하는 거랑 똑같아요. 형은 누나에게 뭐 먹을래? 했을 때 '마라탕!' 이렇게 말해 주는 게 좋아요? 아니면 아무거나! 이러는 게 좋아요?"

엉뚱한 질문에 당황하니 한 번 더 재촉한다.

"그야, 말해 주는 게 좋겠죠."

"나도 그래요. 그니깐 형도 필요한 거 있으면 바로 말해줘요. 어린놈 도와준다 생각하고요. 참, 그리고 저는 올해 주민등록증이 나와요. 형은 주민등록증 3년 차라면서요? 그니까 말 편하게 하세요."

말에도 색깔이 있다면 녀석의 말은 파란색 같았다. 나보다 어린 녀석이 공짜로 입주해 주눅 들은 내게 마음을 살피듯 말하니 한결 편안해진다.

"알았으니까 통성명이나 하자. 나는 19살, 송철민이야."

손을 내밀자, 녀석이 땀에 젖어 꽉 낀 고무장갑을 겨우 벗고 내 손을 덥석 잡아 흔든다.

"나는 고민국! 형, 나도 말 편하게 해도 되지?"

"되지!"

"소독은 투머치인가? 임산부라고 해서 소독부터 한 건데 냄새가 독하네. 나도 골치가 띵 해."

민국은 선풍기를 회전으로 돌려놓으며 반말을 툭 던져 놓고는 헤헤거린다. 그리고는 주차장으로 내려가면 오른쪽에 창고가 있는데 문을 열어 뒀으니 짐을 넣어 놓으라며 하던 일을 계속했다. 지수는 이제야 안심이 되는 듯 내 손을 꼭 잡았다.

"철민아, 우리 뭔가 대접받는 것 같지 않아?"

지수가 내 귀에 대고 속삭였다. 나는 대답 대신 쥐고 있던 손에 연거푸 꼭꼭 힘을 주며 짐을 챙기러 내려갔다.

501호의 생활은 나쁘지 않았다. 주방이 없어 불편한 것 빼고는 원룸보다 나았다. 싱글 침대도 있어 깨끗한 침대 위에서 자고 있는 지수를 바라보면 천하를 얻은 기분이었다. 배 속의 창창이도 건강하게 잘 자라 가끔씩 배가 뽈록뽈록 움직이는 게 눈으로도 보였다. 민국은 할아버지의 지령이라도 수행하려는 듯, 하루에 두어 번씩 다녀갔는데 올 때마다 과일이며 피자, 군만두 같은 것을 갖다 주기도 하고, 함께 먹기도 했다. 우리 셋은 티키타카가 제법 잘 돼 조용해야 할 고시원인 걸 깜빡 잊고 낄낄대곤 하다가 혼쭐이 나기도 했다. 한번은 504호 파킨슨 아저씨가 정수기의 물을 받으러 나오면서 복도를 향해 소리를 버럭 질렀다. 아저씨는 떠드는 소리를 오래 참은 듯 화가 많이 나 있었다.

"여, 여기…… 가 가…… 출 팸이야?"

민국은 우리를 향해 입에 검지를 세워 쉿! 하고는 조심스레 문을 열었다.

"앗, 아저씨! 죄송합니다. 편찮으신데 이놈의 주둥이가 무장해제 됐있네요. 조심하겠습니다! 물 받으시려고요?"

그러더니 물통을 넙죽 받아 물을 채워 아저씨 팔짱을 끼고는 501호를 향해 걸었다.

"뭐, 뭐 하는…… 거야?"

"저희랑 같이 피자 먹어요, 아저씨 젊었을 때 이야기도 듣고 싶어요."

아저씨는 몇 번 거절하다가 마지못해 501호로 끌려 들어왔다. 민국은 피자 한 조각을 잘게 잘라 아저씨께 권했다. 아저씨는 사양하다가 제 맘대로 흔들리는 턱과 팔을 양손으로 번갈아 제어하며 아슬아슬하게 입으로 가져갔다. 피자 토핑이 입 언저리에 지저분하게 묻자, 민국이가 휴지를 건네며 팔을 잡아 도와주었다.

"넌 어디서 그런 걸 배웠냐? 하튼 난 놈이라니까."

"헤헤, 형 나는 공부 빼고 다 잘해. 내가 이래봬도 말도 안 통하는 태국 클럽하우스의 유명한 '노독'이었다고! 거기 매니저들에게도 존나 인기 많았어. 왜냐! 몸을 안 사렸거든. 언제나 바쁘게, 눈치 빠르게 움직였으니까. 참고로 우리 집 가훈이 '죽어 썩어질 몸 아끼지 말자'야."

"하하, 말 된다! 근데 왜 '노독'이야?"

"아, 그거? 실은 '노랑머리 독종'인데 줄여서 그렇게 불렀어. 노랑머리는 나만의 깊은 뜻이 있어서 가자마자 머리를 짧게 자르고 노랗게 탈색해 생긴 별명이고."

볼수록 희한한 녀석이다. 녀석의 말을 듣고 있으면 마치 내 머릿속에 계면활성제를 부어 놓은 듯, 녀석의 말에 빨려 들어가, 구겨졌던 마음이 펴지고 그 순간만큼은 걱정이 사라지곤 한다.

504호 아저씨는 민국이가 주인 할아버지 손자인 걸 몰랐나 보다. 눈을 동그랗게 뜨고는 자리를 고쳐 앉았다. 민국은 자기가 여기 고용된 일꾼일 뿐이라고 너스레를 떨며 피자 한 조각을 아저씨 입에 넣어 주었다. 그리고는 특유의 길고 긴 입담을 시작했다. 2백만 원으로 방을 얻어 라운딩을 시작했다는 둥, 은행계좌를 트는데 말이 안 통해 번역기를 돌리고 한 시간을 씨름했다는 둥, 만날 길거리에서 파는 똠얌꿍이랑 땡모반만 먹고 살았다는 둥……. 생각지도 못 한 말들을 털어놓았다. 그러다가 골프공 줍는 알바 이야기를 했다.

"형도 일하고 돈을 못 받아 쌩난리를 쳤다면서? 나도 그랬어. 한국 사람이 운영하는 골프장에서 공 줍는 알바를 했는데 돈을 안 주는 거야. 내 라운딩비는 꼬박꼬박 받아 처먹으면서. 이제나 저제나 하면서 버티는데 그 사장 놈이 날라 버렸어. 눈에 띄면 딱 죽이고 싶더라고."

민국도 그런 일을 당했구나…… 철공소 박 사장의 능글능글 능구렁이 같은 얼굴이 떠올랐다. 돈 때문에 어떤 말을 해도 뱀처럼 비죽대며 나 몰라라 하다가, 일하다 실수라도 하면 죽일 듯 달려들었다.

"이 새끼야, 너, 나한테 돈 받을 게 아니라 되레 강습료 줘야 해. 도대체 말은 귀로 안 듣고 입으로 처먹냐? 이 돌대가리 새끼야!"

평생 들어야 할 욕을 날마다 들으며, 온몸으로 받아낼 수 있었던 것도 지수와 창창이를 위한다면 이쯤이야…… 하고 버텼기 때문이다.

할아버지의 의견대로 501호로 입주하면서 철공소를 그만두었지만, 그때의 일들을 생각하면 밀린 임금이 생각나고, 무슨 짓이라도 해서 박 사장을 쫄딱 망하게 하고 싶은 마음이 불뚝불뚝 일어섰다. 그나마 지금은 306호 아저씨 도움으로 배달 알바를 시작해 먹고사는 문제는 겨우 해결됐지만, 출산이 가까워지는 지수를 생각하면 불안해 박 사장 얼굴이 떠오르는 건 어쩔 수 없었다.

민국은 자기는 물에 빠져 죽으면 입만 동동 뜰 거라며, 골프를 안 칠 때는 떠들기라도 해야 숨이 쉬어진다고 쉴 새 없이 떠들었다.

녀석은 알바비를 깨끗이 포기하고 태국을 떠나 왔단다. 세상에 공짜 없으니 그 인간이 벌을 받든지, 아니면 다른 것으로 채워질 거라고 마음을 다독였단다.

"생각해 보면 그 인간도 참 불쌍해. 오죽하면 어린놈에게 사기를 쳤겠어. 하루하루가 지옥 같았을 거야. 다리나 뻗고 잤겠어? 나한테만 그랬겠냐고. 그니까 형도 미련 갖지 말고 다른 철공소 알아 봐. 분명 길이 있다니까. 우리의 미래를 그런 강도 같은 인간들 손에 맡길 순 없잖아!"

민국의 말이 옳았다. 돈 받으러 갔다가 빈손으로 돌아와 씩씩거리면 지수가 나를 달랬던 말과 비슷했다.

"근데 형, 아빠 되는 거 무섭지 않아? 나보다 쪼까 형인데 아빠라니…… 처음에 할아버지한테 형에 대한 말 듣고 딱 떠오르는 생각이 '겁나 무섭겠다' 였거든."

무섭다? 막연한 말이고 가벼운 말 같지만, 창창이를 가진 것이 무섭다는 말 같아 기분이 확 구겨졌다.

"왜?"

"그냥…… 아기를 책임져야 하니까. 지수 누나도 그렇고……. 할아버지는 형이 대단하다고 하시던데."

"뭐가?"

대단하다는 말에 구겨졌던 기분이 살짝 펴졌다. 하긴, 민국은 모두의 생각처럼 아직 학생 신분에, 임대료도 못 내 쫓겨난 처지니 두 사람을 어떻게 책임질 거냐는 걱정스러운 말일 거다. 엄마의 걱정처럼 그 책임감이 무서움으로 표현된 거고, 생각해보면 지금의 내 처지가 두렵기도 했다. 또, 나를 한심하게 생각해 걱정을 빙자한 조롱이라도 그쯤은 괜찮다. 지수와 창창이를 책임지기 위한 과정이고, 그 책임감은 짐이 아니라 힘이 될 테니까. 할아버지는 그런 내 마음을 알고 계셨던 것 같다.

"그야 나도 모르지. 근데 우리 할아버지는 가끔 도사 같긴 해. 꿰뚫어 보는 칩 같은 게 있는 것 같거든. 귀신이야, 귀신!"

"하하, 그래? 나도 조심해야겠네. 따지고 보면 언젠가는 대부분 결혼 안 하나? 내가 좀 더 일찍 어른이 되는 거겠지. 할아버지는 내게 눈물 나게 고마운 분이야. 그때, 딱 누구 하나 죽이던가, 노숙자 될 뻔했는데."

나는 도사님이 맞는 것 같다고 고개를 끄덕였다.

504호 아저씨도 고개를 주억거리며 싱긋 웃었다. 아저씨가 보기엔 어린 녀석들이 가소로울 수도 있겠다는 생각을 할 때였다. 아저씨는 무슨 생각이 났는지 지수에게 떠듬떠듬 물었다.

"산달이 어, 언제예요?"

"20일 정도 남았어요."

"저런, 그, 급하…… 긴 하네."

아저씨는 자기가 알고 있는 지식들을 천천히 말해 주었다. 잘 알아보면 나라에서 아기용품이랑 기저귀, 병원비, 조리원비를 지원받을 수 있을 거라며 주민 센터에 알아보라고 했다. 민국은 무릎을 탁 쳤지만 내키지 않았다. 소중한 보물인 우리 창창이를 공짜로 맞이하고 싶진 않았다. 어떻게든 내 힘으로 죄다 해 주고 싶었다. 내가 시큰둥해하자 민국이 뜬금없는 질문을 던졌다.

"형은 지수 누나 어디가 좋았어?"

"갑자기 그건 왜 물어 봐?"

"그냥."

"한눈에 팍 꽂혔지. 근데 지수는 아니더라고. 지수가 편의점에서 알바를 하고 있을 때였는데 머리를 질끈 동여맨 옆모습이 너무 예쁜 거야. 쳐다보느라고 물건도 안 고르고 무조건 주문부터 했어."

"혜자로운 김밥 하나 주세요!"

"네?"

그때, 한 번 심쿵!

"이게 가성비가 제일 좋고 인기가 많아요."

하면서 고추장 삼각김밥을 내미는데 목소리는 또 얼마나 죽이던지.

"그게 두 번째 심쿵이야? 그래서 내 여자다…… 했어?"

"그렇지, 그때부터 엄청 공을 들여서 지금의 우리다. 왜!"

"완전 씌였네! 나는 여친도 걸 크러시 같은 날것이 좋던데…… 보고 싶다! 우리 소영이……."

"뭐라고?"

"아니야, 그러니까 지수 누나를 책임지기로 한 거잖아. 그럼 그것만 잘 지키면 되는 거 아닌가? 게다가 형이 백수였냐고! 열심히 일했지만 그 인간 때문에 일이 꼬인 거잖아. 다른 곳에서 도움 받을 수 있으면 받고 밀린 임금 대신 받았다고 생각하면 안 되나? 과거에 갇혀 끙끙대는 남자 별로 매력 없는데. 지수 누나, 맞죠?"

지수를 바라보며 묻자, 지수가 끄덕인다.

"거 봐! 당장 같이 주민 센터에 가서 알아보자고."

민국은 받아야 할 돈을 깨끗이 포기하니 차라리 마음 편했다고 한다. 지금 개고생은 하고 있지만 남아도는 게 힘이니 할 만하다며 다만 골프 연습을 못 해 불안하다고만 했다.

지수는 예쁜 딸을 낳았다. 민국과 할아버지가 주민 센터를 들락거리며 아기 용품을 준비해 주었고, 조리원에도 들어갈 수 있게 도와주었다. 할아버지는 꽃송이처럼 예쁘게 피어나라고 '송이' 라는 이름도 지어 주셨다. 내 성이 송 씨니까 '송송이' 할아버지가 지어 준 이름치고는 제법 세련돼 우리는 박수를 치면서 좋아했다. 지수 품 안에 쏙 안겨 이마에 땀이 송골송골 맺힐 때까지 우유를 먹는 송이는 쌍꺼풀이 없는 것만 나를 닮았고, 나머지는 지수를 쏙 빼닮아 예쁘고 사랑스러웠다.

지수가 조리원에 있는 동안 나는 여기저기 이력서를 냈다. 고시원에서는 송이를 데리고 살 수 없으니 마음이 급했다. 작은 철공소부터 지방의 대규모 제철소까지 확실한 일자리를 구하기 위해 닥치는 대로 뛰어다녔다. 돌이켜 보면 박 사장 밑에서 기술은 많이 배웠다. 배 터지게 욕은 먹었지만, 김성태 선생님의 부탁을 받아서인지 고급 기술인 용접 기술도 알려주고 철을 절단하는 법도 알려줘 웬만한 일은 자신 있었다.

"하하, 그렇게 좋냐? 싱글벙글, 춤이라도 추고 싶어? 넌 이제부터 송이한테 확실한 보험이 돼 줘야 하는 거야. 송이 애비, 자신 있어?"

"자신 있습니다!"

"자식이 상전이지, 제 몸 파먹어도 자식이면 내주는 게 부모거든. 네 엄마도 마찬가지야. 지수가 조리원서 나오면 송이 데리고 양가 부모님부터 찾아뵙도록 해. 얼마나 보고 싶겠어? 부모님도 이제나저제나 하면서 아마 산달을 손꼽아 기다렸을 거야!"

 평소와 다른 할아버지의 정중한 부탁에 절로 고개가 끄덕여졌다.

 할아버지를 비롯해 많은 사람에게 도움을 받아 고마운 마음을 품으니 박 사장의 일도 점점 희석되어 고맙기도 했다. 무엇보다 신이 우리에게 선물로 준 송이…… 송이에게 튼튼한 동아줄 같은 아빠가 되기 위해서라도 하루하루 열심히 사는 것, 어디서든 채워지고, 또 갚으면서 마음의 근육을 키우는 것, 바로 이게 꽃길이 아니겠는가! 생각만 해도 가슴이 뻐근하게 벅차오른다.

04
B03호, 유니크한 패션 디자이너

장마가 시작되었나 보다. 이틀 전부터 습기를 머금은 공기가 스며들더니 바람까지 불어 주차장 입구에 놓인 분리수거통의 쓰레기들이 요란하게 쿨럭댔다. 게다가 오후부터는 간헐적으로 비가 내리기 시작해 방바닥이 축축해져 시멘트 냄새도 올라오고 온몸이 꿉꿉하다.

내가 사는 방은 주차장 왼쪽으로, 입구부터 나란히 늘어선 다섯 개의 방 중 세 번째인 B03호다. 숫자 대신 B가 붙은 이유는 basement의 첫 글자를 따온 듯하다. 전면에서 보면 전혀 지하 같지 않은 방이지만 옆 건물에서 보면 뒤쪽의 반이 지하에 묻혀 B로 표기한 모양새다.

내가 입주할 때는 다섯 개의 방 중에서 한 개만 사무실로 쓰고 있었고, 나머지 방들은 모두 비어 있었다. 자동차 4대를 세울 수 있는 주차장에는 차들이 수시로 들락거려 시끄러운 데다 방 안의 벽지들은 군데군데 곰팡이가 피어 있어 사람들이 살기엔 어려움이 많아 보였다.

입주할 때 주인 할아버지도 지하에는 사람이 살 수 없다면서 다른 방을 권했었다. 나는 최고로 저렴한 방을 구할 목적으로 언덕 꼭대기에 위치한 이곳을 찾은 터라, 마다하는 할아버지의 마음을 공략하며 설득했다.

"저는 괜찮아요. 엔진 소리와 매연은 방문을 꼭 닫으면 되고요. 벽지의 곰팡이는 제가 잘 관리하면서 살게요."

"아하, 안 된다니까 그러네. 몸도 부실하고 여자가 이런 곳에 살면 애도 못 낳고 시집 못 가!"

시집이라니……. 내 몸을 보고도 그런 말을 하는 할아버지를 보면서 피식-웃음을 흘렸다. 1백 34센티의 키에 바깥쪽으로 휜 다리는 짧고, 이마는 툭 튀어나와 가운데 콧날이 우묵해 유독 머리만 커 보이는 내 모습은 누가 봐도 난쟁이다. 더구나 가족력이 있는지라 결혼한다면 나 같은 어려움을 겪을 아이가 나올지도 모르는데, 그런 환상은 구닥다리 판타지쯤으로 세뇌시키고 사는 중이다. 놀리는 게 아니라면 그냥 던져본 말인 걸 알기에 나는 못 들은 척 그 곳에 살아야만 하는 내 사정을 주욱- 나열했다.

"할아버지, 저 시집 잘 가려면 꼭 이 방에서 살아야 해요. 왜냐! 첫째는 값이 저렴할 거고요. 저 돈 많이 모아야 하거든요. 둘째는 왜소증 환자가 위층에 살면 나와 부딪치는 사람들이 아침부터 재수 없다고 모두 방 뺀다고 할 거예요. 그런 민폐는 완전 노땡큐예요. 셋째는 보폭이 짧아 걷기 어렵고, 오르내릴 때 큰 사람들과 함께 엘베에 타는 거 정말 숨 막혀요. 그리고 저는 진짜 저렴한 방을 구하고 있어요. 방 값만 조금 깎아 주시면 제가 알아서 살게요. 전엔 더 열악한 곳에 살았거든요."

"거 참……. 처녀가 아주 시원시원하네. 맘에 들어! 재수 없다고 하는 놈들 있으면 다 잡아 와. 내가 진짜 재수 없는 게 뭔지 확실히 보여 줄 테니까. 알았지?"

내 말에 설득당한 할아버지는 처음에는 일단 그냥 살아보라고 했다. 나를 어떻게 믿고? 이건 분명 동정이다. 나는 고개를 세차게 흔들었고, 눈치 빠른 할아버지는 위층의 반값만 내라며 12만 원에 방을 내주었다.

조금씩 내리던 비는 저녁 무렵이 되자, 천둥까지 동반해 우악스럽게 쏟아졌다. 꿀렁꿀렁 하수도에서 흐르는 물소리가 어찌나 요란한지 금방이라도 주차장을 접수해 내 방으로 밀고 들어올 기세다. 두려움에 방문을 수차례 여닫으며 빗줄기를 확인하다가 뭔가에 집중해야 할 것 같아 디자인 학원의 스케치북을 꺼내 펼쳤다. 생각해 두었던 디자인을 떠올리며 4B연필로 목과 팔다리가 긴 여인의 실루엣을 그린 후, 어깨끈을 리본으로 묶어 가슴골이 보일락 말락 하게 푹 파인 시원한 원피스를 입히고 색연필로 잔꽃 무늬를 그려 넣었다. 탤런트 김태리가 입으면 딱 맞을 디자인에 집중하며 내가 만든 옷을 입은 그녀가 잇몸을 드러내며 활짝 웃는 모습을 상상하자, 심장이 덩기덕 쿵덕 뛰면서 두려웠던 마음이 서서히 가라앉았다. 언제나 그렇듯 내 그림 속의 여인들은 내 모습과는 완전 반대로 늘씬하고 허리가 잘록하며, 긴 머리에 웨이브가 굽실굽실한 헤어스타일로 턱이 뾰족한 여자들이다. 사실 내가 디자이너가 되고 싶은 건 나 같은 왜소증 환자들이 입을 옷을 디자인하고 싶어서인데, 일단 자격증부터 따고 난 후에야 가능할 일이다. 왜소증 환자들은 아동복을 입으면 품이 작고, 어른 옷을 입으면 길이가 길어 예쁜 옷은커녕 맞는 옷도 찾기 힘들다. 어쩔 수 없이 어른 옷을 수선해 입어야 하는데 그렇게 입으면 소니엔젤처럼 절대로 그들이 원하지 않을, 완전 유니크한 모습이 된다. 이왕 유니크해질 바에야 제대로 특별해지자! 란 생각이 맴돌며 그에 맞는 예쁜 옷들이 머릿속을 둥둥 떠다닐 즈음 그게 내 꿈인 걸 알았다.

디자이너의 꿈을 품었을 때, 맨 처음 누구보다 나를 사랑하는 엄마에게 내 꿈에 대한 이야기를 했었다.

그날의 어이없어 하는 엄마의 표정과 함께 이어진 말······.

"주홍아, 멀쩡하게 생긴 애들도 하기 어려운 일이야. 그림 좀 그리는 특기 갖고는 어림도 없어. 일하려면 발품도 엄청나게 팔아야 하고, 나이도 적잖은데 밑바닥부터 올라오려면 깜깜해. 우리 이렇게 키 작은 유전자를 주신 것도 감사하면서 맞는 일 하자.

응?"

 한마디로 주제 파악을 하라는 말이다. 나는 당분간 엄마와의 정신적 교류에 sold-out을 선언하고 무기한의 재입고를 기약하며 유유히 집을 나왔다.

 그 후, 첫 단계로 봉제공장 문을 수차례 두드려 재봉 기술자의 보조로 어렵게 취직한 것이다.

 봉제공장에서 일은 힘들었지만 나름 견딜 만했다.

 재봉사 언니가 퇴근하면 버려진 헝겊에 재봉질을 해보며 바느질 땀수를 익혔고, 박음질이 엉킬 때면 유튜브를 찾아보며 해결했다. 바느질을 알아야 디자인도 하는 거라는 유튜브의 디자인 쌤 말대로 가끔은 재봉 바늘에 내 손가락까지 바느질하며 남몰래 열심히 익혔다. 그러다가 자투리 천을 이용해 내게 맞는 바지를 처음 만들었을 때의 그 기쁨……. 그것도 엉덩이 부분 때문에 바지의 앞면과 뒷면을 다르게 디자인하고 재단해야 하는 걸 몰라 앞뒷면을 똑같이 재단해 앞섶이 당겨 올라가는 베기 바지를 입고도 얼마나 가슴 뛰었던지……. 베기 스타일의 바지는 내 휘어진 다리를 감춰 주어 다른 것은 보이지도 않았다. 그러고는 열심히 돈을 모아 디자인 학원에 등록했다. 멋진 옷을 디자인해 팔등신 미녀들에게 입혀 대리만족을 하고, 나 같은 왜소증 환자들의 유니크한 옷을 만들어 시장에 내놓는 것이 나의 최종 목표다. 그러기 위해선 악착같이 돈을 모아야 한다.

그림 속 예쁜 여자의 몸에 시원하고 화려한 옷이 입혀지고 하이힐을 신겨 대충 마무리할 때였다. 밖에서 묵직한 짐들이 내려지는 소리와 함께 호통 치는 소리가 들렸다.

"이놈아, 비가 이렇게 쏟아지는데 손 놓고 앉아 할애비 처분만 바라고 처자빠져 있었던 거야? 네가 다 알아서 할 거라면서? 이놈 믿고 있다가 고시원 다 말아먹겠네."

빼꼼히 문을 열어보니 할아버지와 청년이 모래 자루를 가득 싣고 와 빗물이 들어오지 못하게 주차장 입구를 막고 있었다.

"몰랐어요. 빗물은 다 하수도로 빠져나가는 줄 알았죠."

청년이 주뼛대며 변명했다.

"그러니까 머리를 써야지. 그 대가리는 뒀다 뭐에 쓰려고. 이럴 때 쓰는 거야 인마! 지금 복개천이 넘어 난리 난 거 알아? 하수도로 빠져나가기도 하지만 거꾸로 물이 솟구치기도 하는 거라고. 여긴 산 옆이라 하수도에서 역류할 일은 없지만 저거 보여 안 보여?"

할아버지는 산 쪽을 가리키며 소리쳤다. 산에서 흘러내린 물이 고시원 옆 계단을 타고 무섭게 쏟아지고 있었다.

"…… 보여요."

잔뜩 주눅 든 청년이 고개를 돌려 쳐다보며 웅얼댔다.

"주차장에 차가 들락거리니 여기 턱이 없잖아. 쏟아지는 물이 다 못 빠지면 어떻게 되겠어? 응?"

"그거야……. 주차장으로 들어오겠죠. 거기까지 생각 못 하고 타일 벽에서 물이 줄줄 새길래 그것만 닦으면 되는 줄 알았어요."

"그래서! 닦았어?"

"아뇨! 비 그치면 닦으려고……."

"이놈 보게. 왜? 햇볕 나면 저절로 마를 텐데 그때까지 기다리지 닦긴 왜 닦아? 너도 비둘기 한 마리 키우지 그래? 고시원이 물에 잠기면 노아처럼 고시원 방주에서 둥둥 떠서 살다가 해가 나는지 안 나는지 비둘기 내보내서 알아보고 그다음에 기어 나오지 그래?"

비를 온몸으로 맞으며 모래 자루를 거칠게 내려놓는 할아버지는 화가 많이 나 있었다.

"죄송해요. 장마가 그렇게 큰일인 줄 정말 몰랐어요."

"방송에서 나오는 거 남의 다리 긁는 소리로만 들으면 안 돼. 자연재해는 언제든 내게도 닥칠 수 있는 일이야. 그래서 서로서로 돕는 거라고."

"네."

"다 막았으면 혹시 모르니까 B03호 아가씨 방문도 두드려 봐. 방바닥 괜찮은가……. 우리 빈방 있던가?"

일이 대충 끝난 모양이었다. 화를 내던 할아버지의 목소리가 많이 누그러졌다.

"네, 손님방 빼고 302호 하나 있어요."

아, 내 이야기다. 내 걱정은 안 해도 되는데……. 나는 얼른 문을 닫고 손잡이의 잠금 버튼을 눌렀다. 청년이 방문을 두드렸지만 꿈쩍하지 않았다. 한참을 두드리던 청년의 발소리가 멀어지자, 이번엔 할아버지가 문을 세차게 두드렸다.

"아가씨, 아가씨 방에 있지? 거기 그러고 있다가 병 나. 축축한 시멘트 바닥에서 자면 입 돌아간다고! 어서 문 열어."

문을 열면 302호로 옮기라고 할 게 뻔했다. 그곳으로 가면 방세를 두 배 이상 내야 하고, 그렇게 되면 내 계획은 점점 멀어진다. 기척하지 않자 할아버지의 목소리가 점점 커졌다.

"안 열면 마스터키로 딴다. 민국아, 열쇠 가져와!"

어쩔 수 없다. 이럴 땐 내 의견을 분명히 말해야 한다.

"할아버지, 나는 괜찮아요! 제 걱정은 마세요. 도움 필요하면 그때 말씀 드릴게요."

"시끄럽고! 이시 문부터 열어!"

절대로 302호로 가지 않을 것이라 마음먹으며 나는 도어락을 풀었다. 할아버지는 내 방으로 밀고 들어와 방바닥부터 살폈다.

"이런! 내가 이럴 줄 알았지. 물이 이렇게 질척이는데 여기서 어떻게 잘 거야. 이러다가 시멘트 독이라도 오르면 큰일 난다고. 큼큼! 아가씨는 곰팡냄새 안 나? 늙은이 코에도 이렇게 지독하게 나는데……. 천식 걸려 죽고 싶어? 잔말 말고 어여 짐 싸!"

할아버지가 다짜고짜 명령했다.

"저는 괜찮아요! 이렇게 닦아내고 드라이어로 말리면 돼요."

마른 수건을 몇 장 꺼내 닦는데 할아버지가 수건을 낚아챘다.

"아가씨까지 노인네 힘 빼지 말고 어서 말 들어! 내가 이렇게 사정하는 거 안 보여?"

할아버지도 세지만 나도 강고집이다. 꿈을 이룰 때까지 부모님 도움도 마다하고 차단한 나 강주홍이다.

"안 돼요, 할아버지! 방 못 빼요! 계약서에 주인 맘대로 방 빼라고 해도 된다는 표기 없잖아요."

"이 봐, 아가씨! 내가 지금 누구를 위해 이러는 것 같아? 홍수로 쓸려 내려가도 구들장 붙들고 꼼짝 안 할 거야? 도대체 방 못 옮기겠다는 이유가 뭐야?"

내가 꼼짝 않고 서 있자 청년이 나섰다.

"할아버지, 방 값 때문에 그러는 것 같아요……."

"헛 참! 이봐, 아가씨! 방 값 올려 받지 않을 거야. 그러니까 고집 피우지 말고 어서 방 옮겨!"

"싫어요! 나만 특별대우 받는 거잖아요. 그거 동정 아니에요? 차라리 제습기를 사 주세요! 나는 내 형편에 맞는 방에서 두 다리 뻗고 살 거예요."

"이런 우라질…… 제습기 갖고 해결될 문제가 아니야. 그걸로 된다면 벌써 그렇게 했지. 안 된다니까……. 방을 그냥 바꿔 준대도 똥고집이네!"

"누나! 말 들어요. 누나 형편 때문에 방 옮기라는 게 아니라 우리가 난감한 상황이라 옮기라는 거예요. 여기 그냥 있다가 무슨 일이라도 생기면 그거 다 할아버지가 책임져야 한대요. 그러니까 고집 피우지 말고 말 들어요. 우리 할아버지 고집 못 꺾어요."

할아버지가 넘어갈 듯 다그치자, 곁에서 지켜보던 청년이 내 팔을 잡고 흔들며 사정하듯 말했다.

"그럼, 겨울에 다시 내려올게요. 그땐 난방이 들어올 테니까 습하지 않을 거예요."

"어렵쇼! 기한 되면 바로 내쫓을 건데 여기 붙박이로 살겠다고?"

"네, 제 꿈 이룰 때까지 햇살 고시원에서 내 청춘 갈아 넣으려고요!"

"참…… 나…… 꿈이 뭔지 모르지만, 그 고집 돌아가신 이순신 장군이 살아 돌아와 권해도 안 꺾을 서지?"

"네! 그리고 이순신 장군님도 내 편 들어주실 걸요?"

"허허허! 알았어, 그렇게 해!"

"할아버지, 감사합니다! 저 공부 열심히 해서 제대로 된 곳에 취직할 때까지 여기 살 거니까 너무 미워하지 마세요. 아셨죠?"

할아버지는 언제 화를 냈냐는 듯, 취직되면 고시원 벽에 대문짝만한 플래카드를 붙여 주겠다며 몸을 뒤로 젖혀 한바탕 껄껄 웃고는 고시원이 안전한지 둘러본다며 계단을 올랐다.

할아버지의 명령으로 나는 짐을 대충 싸고, 청년은 창고에서 카트를 가져와 실었다. 청년의 손은 엄청 빨랐다. 하긴 커다란 키에 성큼성큼 걷고, 내가 의자 위로 올라서서 까치발을 들어야 겨우 닿을까 말까 하는 곳도 손만 뻗으면 척척 이니까.

"할아버지 친손자야? 나보다 한참 어린 것 같은데 반말 해도 되지?"

"네."

"도와줘서 고마워. 너 없으면 하루 종일 했을 텐데……. 이름이 뭐야?"

"고민국, 17살이에요."

"어머, 누가 지었는지 이름 참 잘 지었다! 고민국, 고민국!"

"전쟁을 겪은 할아버지가 나라에 큰 힘이 되라고 소속감 있게 지어 준 이름인데 아직은 제 상태가 좀 그래요. 할아버지께 개박살이나 나고……."

"뭘 그래. 화가 나셔서 조곤조곤 말할 분위기가 아니라 그렇지 하나하나 가르쳐 주시던데? 나이 어린 너에게 뭘 그리 큰 것을 기대하셨겠어? 새로운 경험이니 각인시키시느라 목소리를 높이셨던 거지. 나는 다 느껴지던데?"

"그런 거예요? 근데 누나는 몇 살이에요?"

"왜? 키가 작아 가늠이 안 되나? 호호, 너보다 더 어려 보이지? 맞춰 봐!"

"스무 살?"

"얘 좀 보게? 내가 그렇게 늙어 보이나?"

민국이 내 농담을 받아치지 못해 귀가 빨갛게 달아올랐다. 왜 안 그러겠는가, 자기를 쳐다보려면 머리를 뒤로 젖혀 올려다봐야 할 만큼 작은데 내 나이를 어찌 가늠하겠나! 더구나 민국은 나 같은 사람과 이렇게까지 가까이 해본 적이 없을 터였다.

생각해 보면 그동안 28년을 살면서 참 많은 일을 겪었다. 사람들은 키와 나이를 비례해 생각하곤 했다. 저보다 작으면 어른들은 고사하고 아이들도 다짜고짜 반말이다. 아니, 반말을 넘어 어린애 취급을 한다. 어쩌면 키가 작은 탓에 키 큰 사람들의 도움을 받아야 할 때가 많아서 그럴 수도 있겠다. 버스를 탈 때도 보폭이 작으니 어린아이처럼 버스 옆에 세워진 봉을 잡고 타야 하고, 공중 화장실에서 손을 씻을 때도 손을 위로 뻗어야 해 엄청 불편했다. 가끔은 그런 나를 번쩍 안아 편리를 봐주는 사람도 있는데 그때 사람들은 어린아이에게 말하듯 한다. 그 기분은 경험해 보지 않고는 아무도 모른다.

민국도 지금 속으로 엄청 당황하고 있을 거다. 자신보다 어른인 것은 분명한데, 순간순간 와 닿지 않을 테고, 내 행동이 느리고 답답하니 카트에 나를 태워버리고 싶을 것이다.

"그래서 누나, 몇 살이에요? 나도 적응 좀 하게요."

"적응 안 되면 안 되는대로 살면 돼. 무례하지만 않게."

"그니까요. 무례하지 않으려면 사전 지식이 있어야죠. 몇 살인데요?"

"스물여덟 살이야. 이름은 강주홍이고."

"대박! 완전 반전인데요? 그렇게나 많다고요?"

민국의 반응이 나는 익숙한데 녀석은 많이 놀란 눈치다. 그건 어려 보인다는 것과는 또 다른 msg라는 걸 나는 안다.

"고마워! 내가 많이 답답하지? 그래도 하는 수 없다 뭐!"

"좀 답답한 면이 있긴 하지만 재미있는 누나라 좋아요."

"얼마나 됐다고 재미 플러팅이야? 너 혹시 선수 아냐? 하하!"

"누나가 할아버지께 눈 똑바로 뜨고 들이받았잖아요! 뭔 일내는 줄 알았어요. 첨 봤어요. 할아버지한테 대드는 사람……."

"그래? 틀린 말 하는 거 아니고, 내 권리를 주장하는데 마주 보지 못할 일이 뭐 있어? 대든 게 아니구 할 말을 했을 뿐이야."

"우리 할아버지는 말싸움에서 질 것 같으면 우렁찬 목소리로 제압하기 선수인데……. 누나한테는 꼼짝 마라던데요? 딕션까지 최고봉이었어요. 뭔 힘이래?"

녀석이 슬쩍 말을 놓는다.

"넌 괜찮아? 아까 할아버지한테 엄청 까였다고 했잖아."

"뭐, 그 정도는 껌이에요! 아니 차라리 대놓고 깨지는 게 백번 낫죠. 앞에서 조곤조곤 속삭이듯 말하는 사람…… 와…… 질려 버려요. 머리 나쁜 나는 뭔 개소리인지 해석도 안 된다니까요. 할아버지한텐 야단맞아도 그때뿐이거든요. 반전 없는 까임…… 으흐흐!"

단출한 살림은 민국이 카트를 가져와 쉽게 옮겨졌다. 302호 방은 내가 사는 방보다 훨씬 컸고, 방 안에 옷장도 있어 정리하기도 수월했다. 이불만 가져오면 되는데 솔직히 이부자리는 민국에게 보이고 싶지 않았다. 빨아도 없어지지 않은 얼룩들이 군데군데 있고, 낡은 이불에서 곰팡냄새도 날 것 같았다.

"민국아, 잠깐만! 이부자리는 보따리로 싸매서 옮겨야 해. 내가 먼저 가서 준비할 테니 넌 여기서 좀 기다려."

엘리베이터에서 내린 나는 민국이를 뒤로하고 앞서 걸었다.

"히히, 누나 뒤에서 보니까 뒤뚱뒤뚱 꼭 오리 같아요. 미안, 너무 귀여워!"

다른 사람을 앞서서 걷는 법이 거의 없던 내가 민국이를 너무 편하게 생각했나 보다. 부담 없이 민국이를 앞서 걸은 게 실수였다. 민국이 악의 없이 던진 말인 줄 알면서도 뒤뚱뒤뚱이라는 말이 턱 걸려 멈칫했다. 하지만 내 감정을 그대로 내보이긴 싫었다. 나는 몸을 양옆으로 좀 더 많이 흔들며 최대한 큰 동작으로 짧은 팔을 휘휘 내저었다.

"어때? 더 귀엽지? 딱 백조 같지 않니?"

"우헤헤헤! 아뇨? 미운 오리 새끼 같아요. 잠깐! 멈춰 봐요."

민국이 나를 불러 세우더니 내 앞에 서서 양팔을 위아래로 벌려 내 키를 쟀다.

"와우! 내 팔이 남네 남아! 도대체 누나 몇 센티예요?"

하더니 이번엔 가까이 와서 내 머리끝을 제 가슴팍에 붙여 보더니, 여기까지 온다며 엄지손가락을 제 가슴에 꽂았다. 이놈이 지금 선을 넘고 있다! 내가 제일 싫어하는 일, 아니 나를 망망한 갯벌 바닥에 거꾸로 내다 꽂는 일을 민국이가…… 그것도 한참 어린 녀석이…… 내 눈앞에서 헤실대며 아무렇지도 않게 하고 있다. 순간, 화가 울컥 눈으로 넘어와 터지려고 했다. 막으려면 무슨 말이든 해야 한다.

"너, 미운 오리 새끼 이야기 알지? 그래! 어느 날, 미운 오리 새끼 가족이 나들이를 갔었지. 그때, 길을 가던 거위 가족과 딱 만난 거야. 어미 거위가 뭐라 그랬지?"

"……."

"넌 왜 이렇게 못 생겼니? 다른 애들하고 달라도 너무 달라. 헤엄은 칠 줄 아니?"

뜨거운 것이 울컥울컥 넘어와 목구멍이 좁아들수록 내 목소리는 점점 커지고 있었다.

"……."

"미친 거위 새끼! 그 거위 새끼 눈깔이 해태 눈깔이더라고. 오리가 백조인 줄도 모르고…… 등신 새끼! 안 그래?"

고개를 들어 민국의 눈을 똑바로 쳐다보며 소리치는 내 목소리가 벌벌 떨렸다.

"주홍이 누나, 왜 그래요? 화났어요? 갑자기 미운 오리 새끼는 뭐래? 거위는 또 뭐고."

"거기 나오는 고양이 새끼랑…… 맞다! 개새낀가 닭 새낀가……그 새끼들도 백조를 시기 질투하고…… 막 쫓아내려고 지랄들 했잖아! 또라이 새끼들!"

"……."

"백조인데…… 백조잖아? 민국이 너 백조 알아? 응? 백조도 몰라보는 병신 새끼들…….으허헉!"

나는 기어이 참았던 울음을 꺼이꺼이 터트렸다. 그제야 민국이 상황을 제대로 눈치챘나 보다.

"미안해요. 누나! 내가 정말 잘못했어요. 누나가 내 농담을 잘 받아 주길래 무슨 짓을 해도 다 소화시킬 줄 알았어요. 누나에게 그렇게 큰 문제인 줄 정말 몰랐어요. 누나, 이러지 말고 화 풀릴 때까지 나 막, 막, 줘 패버려요. 아이고, 이 등신 새끼…… 이런 돌대가리 새끼!"

민국이 제 머리를 쥐어박으며 어쩔 줄 몰라 했다. 나는 그 자리에 주저앉아 지금껏 참아 왔던 분노, 설움, 결핍, 보고 싶은 엄마에 대한 그리움까지 꼭꼭 싸매 끌어안고 있던 것을 몽땅 쏟아 목 놓아 울고 또 울었다.

그때였다. 언제부터인지 지켜보던 할아버지 입에서 천둥소리보다 더 센 날벼락이 떨어졌다.

"너, 이 자식! 이런, 후레아들 같은 자식! 너, 지금 아가씨 키 가지고 놀린 거야?"

"그게 아니라…… 그냥 농담한 건데……."

"안이고 거죽이고 내 말이 맞네. 손바닥으로 하늘을 가려라, 이런 못된 놈! 지금까지 처먹인 밥값이 아깝다. 도대체 그 대가리 속에 뭐가 들은 거야? 엉? 뚫린 입이라고 아무 말이나 지껄여? 천하에 멍청한 놈 같으니라고!"

"할아버지, 죄송해요, 잘 못 했어요!"

"누가 네 할아버지야? 나 너 같은 손주 둔 적 없어! 당장 짐 싸! 너 같은 놈을 내 손주로 두느니 지나가는 똥개를 손주 삼겠다!"

쏟아지는 빗소리보다 더 큰 할아버지의 천둥 같은 꾸지람은 계속됐다. 그러더니 몸을 돌려 창고로 향했다.

"너 같은 놈은 몽둥이찜질을 해야 정신을 차려. 이참에 그런 건방진 생각 아주 뿌리 뽑자!"

성큼성큼 걷는 할아버지 앞을 민국이가 가로막았다.

"할아버지, 잘못했어요. 누나, 내가 잘못했어요! 누나, 어떻게 좀 해 봐요! 네?"

덩치만 큰 녀석은 몽둥이찜질이란 말에 눈물을 쏟으며 두 손을 모아 싹싹 빌었다. 애처로운 눈길로 나와 할아버지를 번갈아 쳐다보는 민국은 17살, 딱 그 나이였다. 나는 울음을 멈추고 할아버지 팔에 매달렸다.
"할아버지, 저 괜찮아요. 민국이 아무 생각 없이 한 행동인데 제 마음이 문제예요. 그냥…… 여러 가지로 속상했던 것 같아요. 지나쳐도 되는 일인데 그만……."
"아니야, 이 철없는 놈이 잘못한 거 맞아. 창피한 줄도 모르고 하는 짓 좀 봐. 이런 모자란 놈 말 얼른 잊고…… 아니다, 두고두고 생각하면서 저놈을 혼내 주라고! 무슨 짓을 해도 괜찮으니까."
할아버지가 몸을 숙여 내 등을 토닥였다.
"민국이 정식으로 사과해! 그리고 앞으로 아가씨가 하는 말 무조건 들어. 두고 봐, 키는 너보다 작을지 모르지만 정신 상태만큼은 네 몇 배로 잘 컸으니까."
민국이 내 앞에 서서 머리를 조아리며 사과했다. 나는 덕분에 실컷 울어서 후련했다고 받아치고는 남은 짐을 날랐다.

어느새, 지루하던 장맛비가 멈추고, 소문으로만 듣던 캘리포니아 햇볕만큼이나 쨍쨍 내리쬐는 날이 계속되었다. 민국은 여전히 내 방을 들락거렸고, 우리는 그날의 일을 잊을 정도로 티키타카가 제법 잘 돼, 나는 학원 가는 날만 빼고는 공장 일을 마치자마자 302호로 발길을 돌렸다. 가끔은 치킨을 시켜 먹고, 민국의 꿈 이야기와 내 꿈 이야기도 하면서 그동안 디자인한 스케치북도 꺼내 보여 주었다.

"와우, 주홍이 누나 대단해요! 미리 사인받아 놓아야 하는 거 아녜요? 몰라 봬서 죄송합니다!"

민국이 칭찬에 홀랑 넘어간 나는 골프를 치는 민국 모습을 스케치해 멋진 골프 옷을 입혀 선물도 했다. 녀석은 액자에 넣어 걸어 두겠다면서 좋아라 했고, 넘치게 칭찬했다.

"그만하셔! 제대로 된 길을 가려면 아직 갈 길이 멀고도 멀어. 패션쇼 경험도 많이 해야 하고, 외국 잡지로 감각 익히는 공부도 해야 해. 돈도 많이 들 테고. 사실 나같이 열악한 사람은 꿈도 못 꿀 일이지만 안 되면 봉제 기술부터 열심히 익히려고. 자체 제작이라도 해서 인터넷에 올려 시장을 개척할 거야."

"누나랑 나랑 똑같네요. 나도 갈 길이 멀지만 최선을 다해 볼 거예요. 뭐가 되던 아직 청춘이니까."

그날부터 민국은 올 때마다 과자나 젤리, 껌 등을 내밀며,

"여기…… 오늘은 마법의 안경 젤리요!"

"야단맞은 날은 잘근잘근 씹어라 껌!

"오늘은 잘 풀려라 크래커!"

이러면서 딱 한 개씩 쥐여 주곤 했다.

"뭐냐? 이건……."

"마법을 거는 과자예요. 전천당의 과자 가게처럼……."

"흐흐! 마법 같은 거 필요 없어. 실력으로 밀어붙일 거야. 두고 봐!"

누구는 그랬다. 작품이 좋아서 유명해지는 게 아니라 유명해지면 작품이 좋아 보인다고. 나는 그 말을 반드시 뒤집어 놓을 거다. 왜소증 환자를 위한 최고의 디자인은 그 병을 앓는 사람만이 할 수 있다는 걸 작품으로 보여 줄 것이다.

반드시!

❺ 301호, 눈물밥

얼마 전부터 조금씩 부어오르던 배가 지금은 물이 찬 듯 빵빵하다. 얼굴이 찐빵처럼 부풀고 숨쉬기가 불편한 걸 보니 죽을병에 걸렸나 보다.

(내 별이 사라지는 날!)
D-day
9월 16일

책상 위에 붙여 놓은 A4 용지에 적어 놓은 글자가 오늘따라 선명하다.
엄마의 기일! 동시에 나의 D-day!
작년에도 재작년에도 실행하지 못했지만 이번엔 느낌이 좋다.

감사합니다! 드디어 그렇게 바라던 나의 소원이 이루어지려나 봅니

다. 용기 없는 나를 불쌍히 여기셔서 이렇듯 반강제로라도 나와의 약속을 지키게 하시니 고맙습니다!

다만, 오늘부터 32일······. 32일만 제게 시간을 주십시오. 그때까지 잘 버텨 9월 16일에 밤하늘의 내 별을 내 손으로 뗄 수 있게 하소서. 태어나는 것은 내 맘대로 못 했지만, 죽는 것만큼은 내 맘대로 할 수 있게 꼭 부탁드립니다! 더불어 방 안에 쌓여가는 쓰레기도 부탁드립니다. 어차피 죽는데 치워야 할 필요가 있겠습니까!

없는 듯 살다가 먼지처럼 사라질 곳,
햇살 고시원!

낮과 밤을 거꾸로 사는 삶, 낮에는 고시원 방에 틀어박혀 온종일 뒹굴뒹굴 자다 깨다를 반복하다가 저녁이 되어 몸을 일으키는 곳, 많은 사람을 만나지 않아도 되는 직업, 야밤에 배달 음식을 시켜 허겁지겁 배를 채우고, 대리운전 앱을 확인하면서 하루를 시작하는 자유로운 생활, 그런 삶을 위한 내 직업의 종착역은 대리운전이다.

그러고 보니, 햇살 고시원에 들어온 지 어느새 4년째다. 3개월 단위로 단기 계약되는 고시원에는 많은 사람이 들락거렸지만 나와 대화를 나눈 사람은 별로 없다. 산과 가까운 이곳을 택한 것도, 그중에서 가장 저렴하고 구석진 방을 택한 것도 사실 사람들과 부딪치기 싫어서다.

한때, 어렵사리 전문대를 나와 돈을 많이 벌겠다는 광대한 꿈을 꾼 적이 있었다. 친구들은 안정된 직업을 가져야 걸맞은 여자를 만나 결혼할 수 있다면서 공무원 시험을 준비할 때, 나는 입만 가지고도 사람들에게 좋은 일을 하며 주머니를 털 수 있는 보험 설계사란 직업을 택했다. 자본금 없이도 노력만 한다면 대가는 그에 비례할 테니 나로선 최상의 직업 같았다.

교육시간에, 보험 설계는 전적으로 가입자를 위한 것이라며 사례를 들어 설명할 때, 내 머리에 여러 군상의 모습이 떠올랐다. 미래에 대한 안전장치로, 보험을 들어야 할 사람들의 목록을 작성하고 연락처를 저장해 두며 보험 상품을 팔 희망에 부풀었다. 설계사는 을이 아닌 갑이라고, 절대로 을에게 굽실대지 말라는 교육을 받고 맨 처음 찾아간 사람은 누나였다. 나를 가장 잘 이해하고, 부모 없이 서로를 의지했던 유일한 사람이라 내 말을 귀담아들어 줄 것 같아서였다. 설계사란 직업을 잘 선택했다고, 너는 잘할 수 있을 거라며 등이라도 토닥여 줄 거라 생각했다. 하지만 누나는 내가 말을 꺼낼 때부터 불편해했다. 표정이 바뀌고 간간이 한숨 소리가 새어 나올 때마다 나는 갑이 아닌 을로 전락하고 있었다. 겨우 설명을 마치고 설계한 프린트 물을 내밀며 자세히 살펴보라고 하자, 누나는 설계 자료들을 밀어냈다.

"보험료가 제일 적게 들어가는 상품으로 네가 알아서 가입해 봐!"

적선하듯 내던진 그 말에 나는 완전한 을의 입장으로 무너졌다. 그래도 포기할 수 없었다. 반복되는 교육과 실천……. 기록해 두었던 목록의 다른 사람들을 찾아 정성껏 설계하고 권유했지만 나는 결코 갑이 될 수 없었다. 결국 5개월도 버티지 못하고 내 보험료만 잔뜩 끌어안고는 그만두었다.

나의 고시원 은둔 생활은 그때부터다.

사람이 무서워지기 시작했고, 어떤 말을 해도 내 말은 믿지 않을 것 같았다. 어느 순간부터 상대와 눈 맞춤이 어렵고 말을 하려면 나도 모르게 더듬기도 했다. 그때부터 술을 마셨던 것 같다. 맥주 한 캔을 들이키면 가슴 저 밑바닥부터 올라오는 뽀글거림에 트림 한 번 꺽-하는 순간 마음이 여유로워진다. 누구는 마음의 근육을 키워야 한다는데 나는 심장을 알코올에 담가 야무지게 절이는 꼴이 됐다. 생각해보니 그 후의 나의 알바 이력도 무시 못 한다. 편의점 야간 알바, 짜장면 배달, 장애인 돌봄이, 건설 현장 일용직까지. 그야말로 당장 먹고살아야 할 궁여지책이지 안정된 직업군은 아니다. 더구나 매일 바뀌는 사람들의 대면과 일을 잘 해내지 못했을 때 돌아오는 박탈감까지 내가 감당하기엔 버겁기만 했다. 세상에서 제일 무서운 존재가 사람으로 다가올 즈음 한강대교를 떠올렸고 힘들 때마다 소주 한 병을 털어 넣고 그곳을 배회했다.

'죽고 싶습니다!'

하지만 그것조차 내게 허용되지 않았다. 용기 없는 나는 더 이상 비굴해지지 않기 위해 방법을 모색하다가, 죽을 날만큼은 내가 직접 정하기로 마음먹었다.

D-day
9월 16일

지잉-
대리운전 앱이 떴다.
"세 번 경유, 6만 원!"
한 건만 하고 돌아오면 되는 최상의 조건이다. 신림사거리에서 광명시까지, 광명시에서 안양, 안양에서 수원까지 가는 코스로, 수원서 차 키를 넘기고 수원역 앞에서 이동 차량을 이용해 고시원에 오면 된다.
차주의 번호를 꾹꾹 눌렀다.
"안녕하세요? 대……. 대리 부르셨죠? 대리기사 전용진입니다. 광명주공 1단지와 안양 현대 호……. 홈타운, 그리고 수원 SK스카이뷰 가신다고요?"
"네, 세 군데 들러 6만 원, 여기 양지병원 앞이에요. 빨리 오세요!"

나이 지긋한 분의 목소리다.

"네, 10분 정도 걸리는데 지……. 지금 출발하겠습니다!"

양지병원까지 걷는데 혼자 씨부렁거리며 욕했다. 상대를 약화시킬 것 같은 욕은 내 불안감을 낮추는 가장 큰 약이고, 가끔씩 더듬는 말의 텐션을 확 끌어올리는 추임새로, 나를 무장하기에 딱 좋은 상비약이다.

"씨발, 술 처마실 거면 차는 왜 갖고 나와서 지랄이야!"

차주를 향해 말도 안 되는 갖가지 욕으로 무장한 후, 흰색 제네시스 앞에 섰다.

"대리 부르셨지요?"

아주머니는 위아래를 훑어보며 차 키를 내밀었다. 예상대로 차 안에는 두 명의 아주머니가 더 있었다. 보아하니 한 사람은 광명, 또 한 사람은 안양, 차주는 수원에 사는 모양새다. 초등 동창회를 다녀오는지, 50이 훌쩍 넘어 술이 거나해진 아주머니들은 누구는 어떻고, 누구는 저렇고 데시벨을 높여 대화한다. 마치 초등생으로 돌아간 것처럼 한껏 들떠 이야기하더니 차주가 말머리를 내게 돌렸다.

"청년, 어디 아파?"

아, 드디어 올 것이 왔구나! 늙은 아줌마들의 오지랖……. 맞장

구치다가 적당한 곳에서 눈치껏 끊어줘야 하는데 나로선 완전 괴로운 시간이다.

"아……아니요?"
"배가……. 복수 찬 것 같은데? 얼굴도 푸석하고. 병원은 가 봤어요?"

제발, 관심 좀 꺼주세요, 네?
복수가 찼든, 배가 터지든, 나를 불쌍히 여기신 그분의 깊은 뜻이니 입 좀 닥치라고요!

대답하기 싫은데 무슨 말이든 해야 한다.
"아……아닙니다, 원래 배가 좀 나왔어요. 어제 술을 좀 마셨더니 얼굴이 부었나 봐요."
고개를 끄덕이던 아주머니가 이번엔 내 직업을 묻는다.
"낮엔 무슨 일 하슈? 원래 대리하는 분들은 투잡 뛰던데."

와, 늙다리들 지치지도 않고 별것이 다 궁금하다.
투잡이요? 여보쇼, 내가 댁 같은 사람들과 얽히기 싫어 투잡은 커녕 대리운전도 죽지 못해 하는 거요. 인간들 생각만 해도 밥맛 떨어져요.

"공무원 시험 준비하고 있습니다."

귀찮아 묵살하려다가 수원까지 가려면 한 시간은 더 가야 해서 마지못해 둘러댔다.

그 말끝에 두 분 아주머니까지 합세해 무슨 공무원이냐? 공무원은 철밥통이라 지금은 고시만큼 어렵다더라, 자기 아들은 변리사다, 공무원 시험 준비하려면 어찌어찌해야 한다. 등등 귀가 따갑게 떠든다. 나는 '네, 아니오, 그렇군요,' 로만 답했지만 수원에 도착하니, 고문당한 듯 머리가 지끈거렸다.

'9월 16일아, 빨리 와라! 엄마 조금만 기다려!'

일을 마치고 신림동에 도착하니 새벽 3시 20분이다. 고시원 근처 편의점에서 소주 두 병과 맥주 한 캔, 새우깡을 사들고 고시원이 즐비한 사이를 꼬불꼬불 걸었다. 가끔은 나보다 더 이상한 사람들이 길에 누워 있거나 술에 취해 헤죽대고 있었지만 오늘은 고요하다.

햇살 고시원에 도착한 나는 엘리베이터 대신 고시원 계단을 살금살금 올랐다. 열쇠를 넣은 301호 방문 고리도 최대한 소리 나지 않게 비틀었다. 조심스레 문을 여는데 입구까지 쌓인 쓰레기가 와락-반긴다. 서둘러 문을 닫고 무너질 듯 쌓여 있는 쓰레기 더미 사이를 뚫고 들어가 매트가 깔린 곳에 누웠다. 아늑한 나만의 세상이다. 사방을 둘러본다. 좁은 화장실은 변기와 샤워 꼭지 부근을 제외하고는 이미 소주병으로 가득 차 있고, 오른쪽에는 배달 음식 그릇들, 책상 위에는 컴퓨터, 커피포트, 화장품, 잡다한 쓰레기들이 봉투에 담겨 있거나 널브러져 벌레들과 함께 뒹굴고 있다. 왼쪽은 어떤가, 떨어져 나간 커튼 봉에 먹다 남은 음식물들, 즐비한 2리터 페트병 4개……. 그 속에 가득한 내 오줌들이 빵빵하게 부풀어 있다. 저것만큼은 버려야 하는데 화장실까지는 쓰레기 더미 사이를 지나야 하니 귀찮다. 매트 구석에 모셔 놓은 에프킬라를 찾아 벌레 위에 발사하며 중얼거렸다.

'9월 16일까지만 버티자. 나까지……. 나까지 함께 버리기로 하자!'

나는 소주를 물컵에 부어 들이켠 후, 새우깡 한 줌을 욱여넣고는 까무룩 잠이 들었다.

"할아버지, 301호로 좀 와 보세요! 얼른요!"

밖에서 들리는 학생의 다급한 전화 목소리에 눈을 떴다. 아, 눈앞에 펼쳐진 광경, 이게 대체 무슨 일인가! 지린내보다 더 독한 냄새가 코를 찌르고, 천장이며 벽, 바닥까지 누런 액체로 질펀하다. 꿈인가 해서 사방을 다시 한 번 둘러보았다. 쓰레기 더미 사이로 아무렇게나 던져진 페트병 하나! 오줌을 담아 놓은 페트병이 폭발해 문밖으로도 흐르고 있었다. 가지런히 세워둔 페트병은

4개 중 3개만 남아 있었다. 벌떡 일어나 썩은 오줌에 흠뻑 젖은 티셔츠를 벗어던지며 쓰레기 더미 속을 허우적거리는데, 도무지 뭐부터 수습해야 할지 깜깜했다.

'9월 16일이 아니라도 좋아요!
당장 저 좀 데려가 주세요!'

얼른 몸을 일으켜 나머지 페트병을 집어 들었다. 이것만큼은 들키고 싶지 않다. 쓰레기 더미 사이를 헤엄치듯 건너 화장실로 갔다. 그리고 변기 뚜껑을 젖히고 페트병 주둥이를 거꾸로 세워 조심스레 마개를 열었다.
"퍽!"
폭탄 터지듯 뚜껑이 열리고 노란 액체가 거품을 일으키며 콸콸 쏟아졌다. 방 안 전체에서 악취가 진동한다.
"똑똑똑똑! 탕탕탕탕!"
"……."
"301호! 안에 있어? 무슨 일이야? 안에 있으면 얼른 문 열어, 문!"
두 사람의 문 두드리는 소리가 거셀수록 심장이 납작하게 짓눌렸다. 숨을 죽인 채, 페트병 두 개를 더 비우고는 변기 물을 내렸다.

"할아버지, 안에서 소리가 나요! 죽은 건 아닌가 봐요!"

"사무실에서 마스터키 갖고 와!"

달려가는 발소리, 문 두드리는 소리, 웅성웅성 떠드는 소리에 눌렸던 심장이 밖으로 튀어나올 것 같았다.

"탕탕탕탕! 301호! 문 열어! 문! 안 열면 내가 열고 들어간다!"

나는 비칠비칠 쓰레기 더미를 밟으며 문을 빼꼼히 열었다. 그새 할아버지가 문을 벌컥 잡아당겼다.

"우욱! 이, 이게……. 이, 이런 미친놈이 다 있나! 시체 썩는 냄새가 진동하는 이 구석에서 도대체 뭘 한 거야? 이, 이 쓰레기는 또 뭐야? 아, 이, 이거 오줌……이런, 쥐새끼만도 못한 새끼!"

"죄송합니다!"

"죄송? 니가 사람 새끼냐? 이, 이런!"

할아버지가 손을 번쩍 들었다. 학생이 붙들지 않았으면 그대로 내리칠 기세였다. 왜 안 그랬겠는가! 오물을 뒤집어쓴 내 모습에 오줌 썩는 냄새, 그리고 방 안 가득한 쓰레기들……. 차라리 죽도록 맞고 싶었다.

"오래 살았어도 방세 꼬박꼬박 잘 내고, 조용하길래 얌전한 청년이 무슨 사연이 있나 보다……. 했는데 이 꼴이야? 젊은 놈이 할 짓이 없어서 겨우 이 지랄을 해놓은 거야? 이런 쓰레기만도 못한 놈!"

"으흑!"

젊은 놈이란 말에 기어이 눈물이 터졌다. D-day 전에 들켜버린 이 상황이 원망스럽고, 죽는 것도 맘대로 할 수 없는 내 처지가 한없이 불쌍하고 창피해 꺼이꺼이 울었다.
"도대체 어쩔 심산이었어? 죽고 싶어?"
순간, 그 말이 왜 그렇게 친근하게 다가오는지, 누구에게도 들킨 적이 없는 내 마음을 훤히 들여다보고 있는 짧고도 강렬한 질문 앞에 나도 모르게 고개를 끄덕였다.
"이런! 인마, 억울해?"
"으흑!"
"고개 들어!"
"으흑!"
"죽는 게 어디 네 맘대로 되는 줄 알아?"
"……."
"사는 게 죽는 것보다 너 힘든 거야, 인마! 그래서 죽지 못해 산다는 거야, 새꺄!"
할아버지는 눈에 힘을 잔뜩 주고 나를 똑바로 쳐다보았다.
"멀쩡히 생겨 가지고 못난 놈!"

내 방에서 시작한 냄새는 고시원 전체로 퍼져나갔다. 사람들이 코를 틀어쥐고 한마디씩 할 때마다 9월 16일이 아니더라도 좋으니 먼지처럼 사라지게 해달라고 빌고 또 빌었다.

한참을 야단치던 할아버지는 우선 화장실부터 치우고, 몸부터 씻으라며 손자인 민국을 내게 붙여 주었다. 민국은 손 빠르게 마대 자루를 벌려 빈병을 주워 담았다.

"아, 씨…….형, 뭐해요? 빨리 달라붙어요. 존나 냄새 나는데 샤워 안 할 거예요?"

내가 머뭇대자 민국이 마대 자루를 건넨다.

"미, 미안하다!"

"엄청 쪽팔리죠? 쓰레기 집! 말만 들었는데, 와! 내가 쓰레기 집을 치울 줄이야……. 현타 작렬이에요. 진짜 나 이번에 태국에 가면 죽기 살기로 운동할 거예요. 아, 짱나! 이런 개고생하는 것보다 운동 빡쎄게 하는 게 오만 육천 배 나아요."

짜증이 잔뜩 난 민국은 화풀이라도 하려는 듯, 아무 말이나 지껄이며 나를 몰아세웠다. 어린 학생 앞에서 한없이 작아지는 내 모습이 너무 초라해 올라오는 눈물을 삼키려니, 가슴이 뻐근해지면서 목구멍까지 꽉 막혔다.

샤워기 쪽부터 치워진 소주병은 마대 자루로 세 개가 넘었다.

"휴우, 혼자서 겁나 퍼마셨네. 속은 괜찮아요?"

"응."

"이 배는 술배? 술은 다 깬 거예요?"

녀석이 마대 자루를 한쪽에 세워 놓고는 부어오른 배를 툭 치며 쳐다본다.

"……."

갈아입을 옷을 챙기려는데 녀석이 한마디 더 보탠다.

"근데 진짜 죽고 싶어요? 아니면 히키코모리? 햐, 적응 안 되네. 이렇게 살기 좋은 세상인데. 놀 게 얼마나 많은데……. 아니, 형은 하고 싶은 거 없어요?"

"없어!"

"어디 아파요?"

"몰라!"

"말하기 싫어요?"

"응."

"나한테 미안하죠?"

"……."

민국의 수다스러운 질문에 짜증이 확-올라오려던 찰나였다.

"죽기로 마음먹었다? 나 같으면 죽기를 각오하고 들이받겠다! 이판사판인데. 내가 아직 형 나이가 안 돼봐서 그런가?"

녀석의 툭 던진 말이 허공을 뱅글뱅글 맴돌아 긴 파장을 일으키며 귓가를 맴돌았다. 죽기를 각오하고 들이받은 적이 있었나……. 아니, 죽기를 각오하고 뭔가를 해본 적은 있나…….

이혼해 혼자 남겨진 엄마와 살면서 버림받을까 봐 늘 조마조마했었다. 착해야만 한다고 스스로를 가둬 놓고 거절하지 못했다. 고객들에게 거절당하면 두 번 다시 권유하지 못했다. 불안이 밀려오면 혼자 술을 마셨고, 아무나 떠올리면서 욕했다. 죽을 만큼 힘들면 내 몸 구석의 잘 보이지 않는 곳을 찾아, 면도칼로 실금을 그었다. 피가 살갗을 뚫고 방울방울 맺히면 통증이 느껴지고, 통증이 더할수록 올라오던 불안을 누를 수 있어 중독처럼 자해했다.

"머저리 같은 놈!"

"뭐라고요?"

나는 대꾸하지 않고 욕실로 들어가 오줌을 뒤집어쓴 몸을 씻어냈다.

"쓰레기 치우고 소독하자!"

작업복으로 갈아입은 할아버지는 장화까지 신고 나타났다. 카트에는 갈고리와 장갑, 비닐봉지, 여러 개의 마대 자루, 장화 두 켤레가 담겨 있었다.

"직접 하라고요?"

"당연하지!"

"에이, 청소 업체 부르세요. 이런 거 치우는 업체 있대요."

"어허, 노는 손이 몇인데 왜 업체를 불러서 공돈을 쓰나? 엄밀히 따지면 301호가 처리해야 할 일인데 죽겠다는 놈한테 뭘 바라?"

"죄송합니다!"

"죄송 그만하고……. 어여, 장화부터 신어!"

할아버지가 장화 두 켤레를 양손에 들고 내민다.

"나 더 이상 못해요. 내 몸에서도 냄새난다고요. 나 할아버지 손주예요. 와, 미치겠네!"

녀석은 속사포를 쏘듯 말하며 손사래를 쳤다.

"우리 새끼니까 더 해야지! 50만 원! 어때? 싫어?"

절대로 못 한다고 방방 뛰던 민국은, 돈 이야기에 옥신각신하더니 60만 원으로 조율되자, 매우 흥분했다.

"헉! 60만 원요? 당근 해야죠. 할게요! 이런 일 열 번만 하면……."

"시끄럽고! 어서들 달라붙어. 301호도 씻었으면 장갑 끼고, 장화 신고……. 아, 여기 마스크도 쓰고!"

할아버지는 능숙한 손놀림으로 입구 쪽 쓰레기부터 분리하기 시작했다.

"감자탕을 많이도 처먹었네. 맨 감자탕 그릇이구만! 감자탕 좋아해?"

그랬다. 가사도우미 일을 했던 엄마는 감자탕을 한 솥 끓여 놓고 며칠씩 먹게 했다. 한참을 그렇게 먹던 감자탕이 어느 날부터는 쳐다보기도 싫었다. 그랬던 음식이었는데 아프거나 입맛 없을 때면 생각났다. 하지만 엄마의 감자탕 맛이 아니라 그 맛을 찾느라 감자탕집만 보이면 사 들고 오곤 했었다.

"네, 조……. 좋아합니다!"

"그래? 그건 나랑 같군! 얼큰한 감자탕에 쐬주 한 잔이면 신선이 따로 없지! 언제 감자탕에 쐬주 한잔하자고."

"네."

작년부터 쌓이기 시작한 쓰레기의 양은 어마어마했다. 내 이력처럼 생각되어서일까? 쌓일수록 안정감이 들었던 쓰레기가 쓸려 나가자, 가슴 한편에서 뭔가 쑤욱-빠져나가는 것 같은 상실감이 느껴졌다. 분리되는 쓰레기는 내 민낯 같았지만, 나만의 성벽이 무너지는 것 같아 불안했다. 더구나 내가 끼고 살던 물건들이 다른 사람 손에 치워지니 더 했다.

"형, 이건 뭐예요?"

녀석이 손잡이 부분이 반질반질한 긴 막대를 들어 보인다.

"응……. 그……. 그거? 알아맞혀 봐."

"뭐지? 누구 팰 때 쓰는 건가? 아니면 혼자 합기도 연습했어요? 딱 합기도 봉처럼 생겼는데."

"저어기, 스위치 불 끌 때 사용했던 거야!"

"헐, 저기까지 가기 싫어서요? 숨은 어떻게 쉬고 살았대?"

"……."

"저건 또 뭐야?"

할아버지가 책상 위에 붙여놓은 A4용지의 글을 손으로 가리

켰다.

(내 별이 사라지는 날!)
D-day
9월 16일

"내 별이 사라지는 날? 네 별이 어딨는데? 별이가 강아지 새끼 이름이야? 근데 이 작은 숫자들은 또 뭐야?"

할아버지는 눈도 밝다. 종이 맨 끝에 조그맣게 D-day까지 남은 날짜를 적어 놓은 걸 가리킨다.

"그거······. 아무것도 아니에요. 그냥······."

"아니긴, 이 나이 먹도록 너 같은 놈 처음일 것 같아? 그래, 이따가 네 별 이야기나 좀 들어 보자. 고민국! 짜장면 시켜, 곱빼기로!"

"여기서요?"

민국은 악취와 먼지 속에서 먹는 짜장면은 상상도 할 수 없는 일이라고 손사래를 쳤다.

"배지가 덜 고팠네. 이놈들아, 삼풍백화점 무너졌을 때 그 속에서 살아남은 사람 말 못 들었어? 아, 오래된 일이라 늬덜은 모르나? 그때 그 사람들 땅속에서 버티면서 자기 오줌도 먹었어. 왜? 살려고! 그게 사람이야. 누가 가르쳐주지 않아도 목숨 지키려고 안간힘 쓰는 게."

짜장면이 도착하자, 우리는 먼지와 냄새가 뒤범벅이 된 곳에서 쨱소리도 못 내고 짜장면을 입에 넣었다.

할아버지는 식사하면서 가끔 쌓인 쓰레기를 둘러봤는데, 그때마다 이런 구석에서 잘도 처먹고 살았다며 그릇을 입에 대고 짜장면을 훑어 넣었다.

"똑똑히 기억해라! 네가 싼 똥을 누가 치웠나……. 그 속에서 먹던 짜장면 맛이 어땠나……. 누구랑 먹었는지도. 너한테 보약 같은 기억이 될 거야."

"……."

"할아버지도 그런 보약 있어요?"

"있지! 할아버지는 6·25 전쟁을 겪은 사람이니까. 늬덜도 배를 쫄쫄 곯아봐야 아는데."

"앗, 나도 있나? 형은 이거네 이거! 대박 사건! 흐흐흐흐."

민국은 6·25 전쟁 이야기가 나오자, 내게 양쪽 눈을 번갈아 깜빡이며, 할아버지 입막음을 하려는 듯 얼른 말을 받아넘겼다.

"……."

민국의 분주한 깜빡임에도 나는 아무것도 생각할 수 없었다. 다만, 쓰레기 대신 나를 채울 수 있는 것이 과연 있을까? 두렵고 겁이 났다.

"어서 먹자! 짜장면은 깨작거리면 물 생겨. 이렇게 훑어 넣어야 제맛이지."

 새벽에 시작한 일은 소독까지 마치자, 오후 5시가 넘어서야 끝났다. 문이란 문은 모두 열어 놓고, 선풍기를 돌려 냄새도 많이 빠졌다. 할아버지는 도배와 바닥 청소는 전문가에게 맡겨야 한다며 우리를 목욕탕으로 데리고 갔다.
 "둘 다 수고했으니 뜨거운 물에 푹 담가 깨끗이 씻어. 서로 등도 밀어주고! 그리고 너, 내가 아까부터 묻고 싶었는데 어디 아프냐? 네 몸이 정상이 아닌 것 같아 묻는 거야."
 "모르겠습니다!"
 "내일 병원부터 다녀와. 젊은 놈이 제 몸 하나도 못 챙기고. 쯧쯧!"
 할아버지는 탕으로 들어가면서 내 등을 다독였다. 주책없이 또 눈물이 난다.
 목욕을 마치자, 할아버지는 자신의 집에 가자고 했다. 민국은 비밀이 들통 난다며 싫다고 했지만 할아버지는 할머니 입단속을 책임지겠다면서 우리를 잡아끌었다.
 "두 놈들, 집밥 먹은 지 오래됐지?"

 할아버지 집은 고시원에서 멀지 않았다. 고시원 8층에 살다가 지병이 있어 병원 근처 아파트로 이사했다고 한다. 정갈하게 꾸며진 작은 공간에 딱 있어야 할 물건들로 채워진 곳은 한눈에 봐도 안주인의 살림 솜씨가 느껴졌다.

"아이고, 우리 민국이! 이게 무슨 일이니? 태국에 있어야 할 녀석이 어떻게 된 거야? 응? 언제 왔어?"

"쉿! 할머니, 비밀인 거 알지?"

민국은 할머니에게 백허그를 하면서 번쩍 들고는 빙그르르 돌았다.

"이 녀석이……."

호호거리는 할머니를 뒤로하고 우리는 정갈하게 차려진 식탁 앞으로 갔다.

"어서 와요!"

"안녕하세요? 처음 뵙겠습니다. 미-민폐를 끼쳐 죄송합니다."

"별 말씀을……. 감자탕 끓였어요. 할아버지가 좋아하는 음식이기도 하고……. 감자탕 좋아한다면서요?"

나는 대답 대신 할아버지 얼굴을 쳐다봤다. 할아버지는 말없이 고개를 끄덕였다.

"어여들 먹자! 총각, 너는 밥 먹고 아까 그 별이랑 암호 풀이나 해."

"별거 아닌데……."

얼큰하고 걸쭉한 감자탕은 msg가 안 들어간 깔끔한 맛이었다. 우거지가 들어간 엄마 감자탕 맛과 똑같지는 않았지만 국물 맛이 비슷했다.

"맛있습니다!"

"고마워요, 한 솥 끓였으니 많이 먹어요!"

"여보, 갈비 재려고 사다 놓았던 소주 없나? 감자탕도 있는데 한잔해야지."

끊었던 술을 왜 먹느냐고 만류하는 할머니에게 '오늘만!' 이라며 할아버지가 재촉했다.

감자탕으로 뜨거워진 속에 소주가 들어가니 엄마 생각이 나 또 목이 메었다. 눈물밥을 먹으며 나는 고백하듯 할아버지께 9월 16일의 비밀을 털어놓았다.

"그래서! 죽을 건데 왜 쓰레기를 치우냐고?"

"죄송합니다!"

"죽을 땐 죽더라도 주변부터 깨끗이 하는 게 사람인 거야!"

"……."

"이놈 진짜, 대가리 개조부터 해야겠네!"

"죄송합니다!"

"야, 짜식아! 그럴수록 이 악물고 보란 듯이 살아야지. 뭐? 엄마 기일 날 죽겠다고? 헛 참!"

할아버지는 누구나에게 태어난 이유가 있다면서 나에게 그 이유를 찾아보란다. 목숨 가지고 투정 부리는 거 아니라며 호통을 치고는, 일부러 죽지 않아도 모두는 죽어가는 중이라고 했다.

저기요!
죽지도 못할 거면서 죽겠다고 어리광 부렸던 거 알고 계셨죠?
그렇다면 제 몸 돌려 놔 주세요.
지금까지 부탁했던 거 모두 취소예요!

9월 16일을 지워버리려고 생각하니 채워야 할 것이 아주 많았다. 청춘! 나는 청춘이고 할아버지 말대로 젊은 놈이다. 건강부터 챙기고, 쓰레기가 있던 자리에 차곡차곡 내 청춘의 일기를 써 보자. 투정 대신 그게 뭐가 되었든 일단 쓰레기는 되지 말아야 한다.

민국이와 햇살 고시원으로 돌아오는 발걸음이 구름 위를 걷는 듯 가벼웠다. 머리에서는 수박 냄새가 나고, 몸에선 향긋한 로션 냄새가 났다. 한참을 말없이 걷다가 민국을 쳐다봤다. 어린 나이에 나라면 감당하기 어려운 일을 해내는 녀석이 기특했다. 나는 녀석의 어깨에 내 팔을 둘렀다.

"오늘, 진짜 고마웠다! 죽을 때까지 잊지 않을게. 내 인생의 마지막 고비를 넘긴 것 같아. 고맙다."

"아우, 징그럽게 왜 이래요?"

녀석이 몸을 비틀다가 내 허리에 팔을 둘렀다.

"형, 근데……솔직히 말해서 사실 나도 죽고 싶을 때 있었어요.

사람들 죄다 그럴걸요? 어찌 보면 형이 더 강한지도 몰라요."

"어째서?"

"나는 죽고 싶어도 형 같은 생각을 못 했거든. 용기가 없으니까. 근데 형은 날짜까지 정해 놨잖아요? 암만 생각해도 멘탈 킹이야."

"그만해라! 쥐구멍 찾고 싶으니까."

"그니까 그 힘으로 살아요. 나도 오늘 형 덕분에 많이 배웠어. 고마워요."

"그래, 우리 둘 다 고맙기로! 하하!"

"참, 할아버지가 301호 수리하는 동안 501호 손님방에 있으래요. 거기에다가는 오줌 싸지 마요! 큰일 나요!"

"하하핫!"

밤하늘을 올려다보았다. 언제부턴가 우리들의 대화를 엿듣던 초승달이 환하게 웃고 있었다.

우리들처럼!

있잖아요!

저 별 못 떼요.

전보다 더 단단히 붙여 놓으세요!

06
102호, 광대 품바

얼- 씨구씨구- 들어간다.
절- 씨구씨구- 들어간다.
작년에 왔던 각설이-

깡통 기철의 엿가위 장단과 봄이의 북장단에 맞춰 신명 나게 품바 공연을 할 때였다.
"탁!"
마이크가 꺼졌다.
"뭐야?"
"……."
"아이고, 어르신들! 요놈이 워째서 벙어리가 되뿌렀당가요? 쪼까만 지둘리시요. 벙어리 맹근 놈 손모가지를 팍 꺾어 놓고 올랑게요!"
함께 흥이 올라 어깨춤을 덩실덩실 추던 어르신들을 향해 큰

소리로 외치자, 제복 입은 경찰이 다가왔다.

"허락도 없이 여기서 이러면 안 됩니다. 고성방가로 신고 들어왔어요, 어서 치우세요!"

아, 이렇게 푹푹 찌는 날, 세상 낙이라고는 없는, 말 붙여 주는 사람도 없고 찾는 이도 없어 입에서 군내 나는 어르신들의 기쁨조가 되겠다는데 고성방가라니……. 누군지 피도 눈물도 없는 싸가지다. 내 공연 보고 재미있다고 웃기만 해봐라! 입에 흐물흐물한 엿가락을 물려 딱! 붙여버릴 테다.

경찰과 실랑이 하는 사이 깡통과 봄이가 호박엿과 누룽지를 소쿠리에 담아 사람들 사이를 비집고 들어갔다.

"네, 네! 무조건 만 원씩입니다! 호박엿은 울릉도에서 온 거고요, 햅쌀로 만든 누룽지입니다."

물건 파는 것은 공연의 마무리인데 다급해진 두 사람이 물건부터 꺼낸 것이다. 모였던 사람들이 속았다는 표정으로 수군대더니 하나, 둘 흩어지기 시작했다. 공연을 시작한 지 얼마 되지 않아 팁도 별로 없고, 엿이라도 팔아야 서울 올라갈 경비가 나올 텐데, 팔기는커녕 벌금까지 내게 생겼으니 어쩐단 말이냐? 게다가 파출소에 끌려가 구치소에라도 들어가게 되면 고시원으로 미리 부친 짐은 어찌 되는 걸까? 뭐, 내겐 엄청 중요한 물건이지만 다른 사람 손에 들어가면 돈 주고 버려야 할 쓰레기일 테니 분실될 염려는 없다. 장마철인데 그러다 비라도 오면? 절대로 있어서는 안 될 일이다. 나는 묻지도 따지지도 않고 머리부터 숙였다.

"죄송합니다! 안 그래도 품바 공연을 마치면 서울로 가려던 참입니다. 그러니 한 번만 봐주십시오."

경찰은 신고가 들어와 일단 파출소로 가야 한다면서 신분증을 달란다. 나는 신분증을 내밀며 머리를 잽싸게 굴렸다.

"잠시만요! 전화 한 통만 하고요."

햇살 고시원으로 전화를 걸어 대충 사정 이야기를 했다. 그쪽에선 사람도 오기 전에 짐이 먼저 오면 어쩌냐? 계약금만 달랑 받았는데 이런 경우가 어디 있냐? 뭐 하는 사람인데 짐이 이렇게 많으냐? 고시원 방이 작아 이렇게 많은 짐을 가지고 못 들어간다…… 등등 난감한 말이 계속 이어진다. 나는 최대한 불쌍한 목소리로 며칠만 기다려 달라, 급한 사정이 있다, 죄송하다…… 진땀을 흘리며 수화기에 대고 수없이 꾸벅댔다.

"인간들 참…… 먹고살겠다는데……."

내 꼴을 본 경찰의 입에서 작은 한숨 소리가 흘러나왔다.

사실 나는 먹고살기 위해 광대 노릇을 하는 것은 아니다. 내가 아닌 광대로, 어쩌면 지극히 나다운 나를 여과 없이 꺼내 사람들과 함께 울고 웃고 싶어서 택한 일이다. 웃고 있지만 기쁘지 않는 얼굴, 슬퍼 보이지만 웃고 있는 모습의 분장을 하면 내 안의 감정들이 우르르 쏟아져 훨훨 날아다닐 수 있어서 행복해지곤 했다. 하지만 지금은 그런 구구절절한 말로 따질 때가 아니다. 입술에 빨간 칠을 하고 입꼬리를 한껏 올려 분장한 내 얼굴은 화를 내도 웃는 얼굴일 테니 이왕이면 웃자!

일단 주차장에 놔두겠다는 그쪽과의 대화를 끝으로 전화를 끊었다.

"보셨죠? 지금 내게 이런 사정이 있습니다. 그러니 한번만……."

"신고한 사람도 있고, 보는 눈이 많으니 일단 파출소로 가시죠!"

자신들의 짐을 정리하던 깡통과 봄이도 합세해 머리를 조아렸지만 나는 안다, 파출소에 가서 경범죄 처벌로 벌금을 내야 하고, 다시는 고성방가를 하지 않겠다는 다짐서 같은 걸 써야 나올 수 있다는 것을, 벌금을 내지 못하면 구치소에서 며칠 살아야 할 수도 있다는 것을 나는 알고 있다. 처음부터 쉽지 않은 입주다.

다음 날, 햇살 고시원에 도착해보니 산 너머 산이다. 짐을 싸서 보낼 때는 몰랐는데 주차장에 널브러진 짐은 내가 봐도 입이 딱 벌어졌다. 장구, 북, 징을 넣은 박스는 너덜너덜 떨어져 민낯을 드러냈고, 비닐로 포장한 알록달록한 광대 옷과 소품들은 박스째 뒹굴고 있었다. 주인이 안내한 102호 방을 들여다보니 짐도 다 안 들어가게 생긴 작은 방이다.

"뭐 하는 사람이요?"

"아, 그게…… 저…… 각설이입니다!"

순간, 연극배우라는 말이 튀어나오려는 걸 얼른 틀어막고 솔직하게 답했다.

"뭐라? 비렁뱅이란 말이오?"

"말하자면요. 어르신도 보신 적 있죠? 엿장수 각설이……."

"아, 맞아! 영주 장이었나? 거기서 본 적 있지. 거 참, 재미있는 직업이구만. 입담도 제법이겠구랴."

요 때다! 바로 치고 들어가 어르신의 마음을 확-사로잡아야 한다.

얼- 씨구씨구- 들어간다.
아하,-각설이 돌쇠가 어르신께 인사드리오.
아하,- 살다가 보오니 고시원까지 왔습네다.
얼쑤- 집도 절도 없는 각설이놈 받아 주십쇼.

가슴 저 밑바닥에서 끌어올린 구성진 목소리로 한가락 뽑아내자, 어르신이 껄껄 웃으며 손사래를 쳤다.

"이 사람아, 이래 봬도 여기 고시원이야! 장바닥 아니라고."

그러고는 창고 문을 열어 주었다.

"각설이는 장터가 직장 아닌가? 서울에서 뭘 어쩌려고 이런 꼭대기까지 올라온 거요?"

"공연 부탁받고 왔습니다. 서울 공연은 처음이고 저렴한 방을 찾다보니……."

"그래? 이왕 왔으니 짐은 여기에 보관하고 생필품만 가지고 102호로 입주하쇼. 고시원이니 장구는 치지 말고!"

휴우, 살았다! 주머니를 탈탈 털어 잔금을 치루고 짐을 창고에 들인 후, 102호로 들어가 방 가운데 벌렁 누웠다.

품바 인생 13년, 지금 나는 여러 사람의 인생을 살고 있다. 연지곤지 찍고, 가발을 붙여 만든 쪽머리에 족두리를 쓰면 각시가 된다. 옆구리에 찌그러진 깡통을 달고 누더기를 입으면 거지가 되는 나는, 현재 '김주성' 이라는 내 이름을 버리고 돌쇠로 사는 게 더 좋을 정도로 행복하다. 얼굴에 분장을 하고 그에 걸맞은 옷을 입으면, 내 신분은 분장한 인물이 되어 사람들의 마음을 어루만질 수 있으니 구청 민원실에서 근무할 때와는 사뭇 다른 기분이다. 품바도, 민원실 직원도, 사람들을 겸손히 대하며 문제를 해결해야 하는 태도는 같다. 그러나 품바는 살면서 겪는 희로애락을 풍자해 내 마음대로 지껄이며 상대의 마음을 다독인다면, 민원실 직원은 상대를 빠르게 스캔하며 목적에 초점을 맞춰 그들의 마음을 헤아려야 한다. 민원은 불편함에서의 출발이니 무조건 화부터 내거나, 제압하려는 사람이 대부분이다. 가끔은 결정을 못내려 내 입에서 결정해 주길 바라는 유형도 있는데 이들 모두를 받아내려면 간도 쓸개도 다 뽑아버려야 했다. 근무를 마치고 집으로 가는 발걸음은 묻지 마 폭행을 당한 사람처럼 온몸이 스트레스로 절여져 힘들고 아팠다. 목구멍까지 차오르는 화를 뿜어내지 못해 우울하고 무기력한 증세가 반복될 즈음, 한 청년이 내 근무 태도가 불손하다는 민원을 넣었다.

"아, 묻는 말에 시원하게 답도 안 하고, 내 요구를 묵살하며 사람을 무시하는 김주성이, 오늘도 멱살 잡고 싶네요."

이런 글로 시작한 구청 게시판에는 몇 개의 단어만 바꿔 나를 향한 비난의 글이 날마다 올라왔다. 그것도 모자라 출근 시간에 나보다 먼저 구청에 와서 서성이다가 문이 열리면 내 부서인 '일자리정책 민원실' 창구 앞에 떡하니 자리 잡고 앉아 나를 꼬나보는 시선…… 견딜 수 없이 불편하고 불안했다. 그리고 다음 날이면 여지없이 구청 게시판에 나를 향한 비난의 글이 올라와 있었다. 내가 '직원 민원인'의 타깃이 된 거였다. 나는 석 달쯤 버티다가 그의 멱살을 잡았다.

"이 정신병자 같은 새끼야! 밥 처먹고 할 짓이 그렇게도 없어서 나를 스토킹해? 네 목적이 이거야? 내가 네 멱살을 잡는 거? 그래서 사표를 내게 하는 거?"

놈은 빙글빙글 웃으며 두 팔을 양옆에 딱 붙이고는 배로 나를 툭툭 들이받았다.

"잘 아시네, 나를 무시하고도 네놈이 그 자리에 있을 줄 알았어? 너 그만둘 때까지 여기로 출근할 거다 새꺄."

나는 일자리를 구하러 온 그에게 어떻게든 사업자와 연결시켜 주려고 했었다. 하지만 놈은 면접을 보면 탈락되곤 했다. 그 화풀이를 내게 하는 것이다. 얼마 후, 지친 나는 그놈의 바람대로 사표를 내던지고 민원실 문을 박차고 나왔다. 그리고 1년을 쉬면서 목표 지향성인 나를 내려놓고, 내가 행복할 수 있는 일을 찾아 전국 일주를 시작했다.

일주를 시작하고 8개월쯤 됐을 때인가? 품바 칠복이를 만난 건 '강릉 단오제' 행사 때였다. 턱밑에 큰 점을 그리고, 윗니에도 듬성듬성 검은 칠을 해 바보 분장을 한 칠복은 장구 소리에 맞춰, 무대를 뛰어다니며 바보 노릇을 하고 있었다. 바보이기에 할 수 있는 날것 같은 말들을 리듬에 맞춰 쏟아 놓으며 사람들의 애환을 쿡쿡 찌르면 너나없이 와그르르 웃었다.

이놈 저놈 뱃놈 쌍놈 죽일놈 살릴놈 떼놈 나쁜놈 시골놈 삼킬놈 고놈 요놈이 칠복이요!

얼쑤!

칠복이가 여러분을 즐겁게 해 드릴라꼬 한바탕 놀아보쭈마. 혹여 내 말에 기분 쪼매 더럽더라도 아무쪼록 널리 용서하이소.

중간 중간 이런 멘트로 추임새를 넣는 칠복은 버릇없이 굴어서 미안하다는듯, 몸을 굽힌 채 공연하며 사람들의 마음을 들었다 놨다 했다. 분장을 한 칠복이 얼굴은 베르나르 뷔페의 광대 자화상처럼 진짜 칠복의 생김새가 어떤지 가늠하기 어려웠다. 잘생긴 뷔페는 겉과 속이 다른 삶을 사는 자신이 마치 광대의 삶을 사는 것 같다는 고백을 그림으로 표현했다는데, 칠복은 바보로 살고 싶었나?

멀찍이 서서 한참을 듣고 있던 나는 대학 다닐 때 연극 동아리를 오가며 엔터테인먼트를 꿈꾸던 시절을 떠올렸다. 노래 부르기를 좋아했던 내가 대학가요제를 준비하다가 입대하는 바람에 접었던 아쉬움도 생각났다. 광대가 참 매력 있게 느껴질 즈음 나도 모르게 칠복의 장단에 점점 빨려 들어가 체면 따위를 내려놓고 있었다. 어느새 나는 거기에 모인 사람들처럼 어깨를 들썩이기 시작했다. 리듬에 몸을 맡기며 눈을 꼭 감으니, 장구 소리와 함께 아슴아슴 나만의 세상이 펼쳐진 듯 느껴지는 자유로움…… 나는 덩실덩실 춤을 추었다.

덩더리 덩더리 덩더쿵! 덩더리 덩더리 덩더쿵!

장구 소리는 더욱 빨라지고, 휘몰아치는 리듬에 맞춰 몸을 흔들며 겅중겅중 무대 가까이로 나갔다.

아리아리, 아리아리, 아라리요-

추임새를 넣던 칠복이 마치 나를 위해 치는 장구처럼 두 박자 리듬으로 바꿔 빠른 장단을 쏟아 냈다.

얼쑤! 희멀건 서울놈 납시셨네. 너럴너럴 다 털고 잊아 뿌리라. 얼쑤! 실연 당했꾸마. 서울놈이 미치고 싶은 가베, 미쳐 뿌리라!

그렇게 칠복과 인연이 된 나는 그를 따라다니며 온갖 잡일과 심부름을 하면서 여기까지 온 것이다.

신림동에서 새로 개업하는 대성슈퍼 행사는 나 혼자 북 치고 장구 치고 다 해야 한다. 개업 행사에서 공연하는 것도 그렇고, 서울에서의 공연은 별로 내기지 않았지만 하루살이 인생, 주머니에 돈이 떨어졌는데 어쩌랴! 이대로 며칠만 더 지나면 손가락 빨아야 하는 현실 앞에서 공연은 선택의 여지가 없었다. 3일 연속 행사라 끝나면 석 달 치 월세를 내고도 당분간 먹고 살 수 있는 행사비를 받으니, 깡통과 봄이는 석 달 후에 천안 장에서 다시 만나기로 하고 보따리를 싼 것이다.

감옥 같은 고시원 방에서 먹는 둥 마는 둥 하며 며칠을 뒹군 탓에 좀이 쑤실 때쯤, 내일 있을 행사를 위한 준비를 하려니 새롭게 기운이 솟구쳤다. 창고 열쇠를 받기 위해 어르신께 전화를 넣었다.

"어, 그거? 206호에 가서 받아요. 그 녀석이 갖고 있소."

"아, 네!"

206호 방문을 두드리자, 건장한 청년이 불쑥 나온다.

"무슨 일이세요?"

자초지종을 나누고 우리 둘은 창고로 내려와 문을 열었다. 텁고 습한 날씨 때문에 쿰쿰한 냄새가 먼저 달려들었다. 순간, 장구와 북이 걱정되어 그것들부터 찾아 밖으로 내놓았다. 습기에 약한 장구와 북은 가죽이 늘어나기라도 하면 죽은 가죽이 돼 공연을 할 수가 없다. 꼼꼼히 살펴보니 다행히 멀쩡하다.

"이걸로 슈퍼에서 공연한다고요? 헐, AI 시대에 블랙핑크 음악이라면 모를까, 먹히겠어요?"

민국이라는 녀석이 도리질을 하며 혀를 찼다.

"볼래? 먹히나 안 먹히나?"

"노 노 노, 아니요! 난 장구 이런 거 관심 없어요. 그리고 저 엄청 바빠요."

보아하니 녀석은 고시원 일을 도와주는 듯했고, 바쁘다는 말에 한 가지 생각이 번개처럼 스쳤다. 내일 짐을 나르려면 손이 필요한데 녀석의 도움을 받으면 딱 일 듯싶었다.

"뭐가 그렇게 바쁜데? 내가 도와줄 수 있는 일인가? 그렇다면

후딱 같이 해 줄게. 몸도 풀 겸. 어때?"

내가 먼저 손을 내밀자, 녀석이 잔뜩 경계하는 눈초리를 보낸다.

"아저씨, 뒤끝 있는 거 아녜요? 공짜 없는 세상인데 왜 나를 도와요?"

"말했잖아, 몸이 찌뿌둥해서 뭐라도 해보려고."

"이렇게 더운데 청소해야 된다고요! 더우니까 존나 힘들어요."

"그래? 잘됐네. 같이 하면 금방 끝나. 네 말대로 공짜 없다고 했으니까 대신 내일 대성슈퍼까지 이 짐 좀 같이 나르자. 공연이 먹히는지 안 먹히는지도 보고."

민국은 잠시 고민하다가 '그럼, 그렇지!' 하는 듯 마지못해 고개를 끄덕였다. 우리는 계단을 쓸고 닦는 일부터 시작해 8층까지 오르내리며 깨끗이 청소했다.

"아저씨 일 겁나 잘하네요?"

그럼 이놈아, 내가 이래 봬도 품바 배우느라 온갖 잡일은 다 했다! 그러면서도 행복했다면 믿을래? 자유로운 영혼이란 말 들어봤냐? 아무 데서나 먹고, 자고, 육두문자 슬쩍슬쩍 넣어 눈치 보지 않고 직격탄 날려도 웃음으로 승화되는 매력을 니가 알겠냐? 어차피 인생은 광대다, 인마!

"내 나이가 몇 갠데 너보다 못할라고?"

"아뇨, 나이랑 상관없이 이런 일 안 해 본 사람은 못 하던데요? 일단 대갈빡이 안 돌아가요."

손가락으로 제 머리를 툭툭 치던 민국은 뭐가 웃기는지 킬킬대고 웃었다. 웃음 뒤에 뭔가 사연이 잔뜩 있어 보여 왜 그렇게 웃냐고 묻고 싶었지만 입을 다물었다.

"그래? 고시원 청소까지 하고 있는 걸 보니 넌 어린 나이에 이것저것 경험이 많아 굶어 죽진 않겠다. 거기다 넉살까지 좋으니……."

"글초? 나도 자신감이 살살 붙는 중이라고요. 흐흐!"

청소를 마친 우리는 내일을 약속하고 각자 방으로 흩어졌다.

내일은 첫날이니 사람들의 시선을 확- 사로잡아야 한다. 악기는 내가 제일 자신 있는 장구와 꽹과리를 챙기고, 의상은 각설이 옷으로 준비했다. 대성슈퍼를 확실하게 어필할 수 있는 멘트를 짜고, 나머지는 그때 상황에 맞게 애드리브를 쳐야 한다.

노래는 뭐로 할까? 일단 사람들이 많이 알고 있는 장사익의 '꽃구경' 노래로 한 곡조 뽑고…… 노트에 대충 적으며 머릿속으로 시뮬레이션을 그려봤다. 늘 하던 공연이지만 적당한 긴장감이 있어야 하는 게 이 일이다. 분장을 할 때도 그날 기분에 따라 조금씩 달라지는데, 공연을 마치고 돌아가는 발걸음은 항상 희열에 들떠 붕붕 날아오를 듯 가벼웠다.

그래, 한바탕 멋들어지게 놀아보자! 장구가 울 때 나도 울고, 꽹과리가 소리칠 때 나도 소리치면서 개구쟁이처럼 신명 나게 놀아보자!

민국의 도움을 받아 어렵지 않게 대성슈퍼에 도착했다. 대성슈퍼는 신림 4동 재래시장 안에 있는 대형 슈퍼다. 길가 쪽으로도 출입문이 있었는데 문 가까운 하늘에 만국기가 펼쳐져 있고, 춤추는 풍선 인형이 바람이 불 때마다 흐느적대며 춤을 추고 있었다. 그 옆에 '품바 돌쇠 공연'이라는 문구의 글과 브로마이드가 걸려 있다. 민국이 흠칫 놀라며 한 발짝 물러섰다.
"뭐예요? 이 상황은? 아우, 쪽팔려!"
게다가 왼쪽 발에는 검정 고무신에 노랑 양말, 반대쪽은 흰 고무신에 빨강 양말을 신고, 누덕누덕 기운 의상을 입고, 머리는 딱풀을 발라 마구 헝클어지게 해 놓은 내 모습! 누가 봐도 영락없는 각설이다. 완벽한 각설이 모습인 내가 민국은 창피했나 보다. 짐을 내려놓고는 멀찍이 떨어진다. 나는 모른 척 길거리의 춤추는 풍선 인형을 벗 삼아 휘모리장단에 맞춰 꽹과리를 두드리기 시작했다.

따당땅 땅 따따따, 따당 땅땅~
어얼, 씨구씨구 들어간다!

저얼, 씨구씨구 들어간다!
작년에 왔던 각설이 죽지도 않고 또 왔네.
에헤이야, 대성슈퍼
세상에서 가장 저렴한 곳
단돈 만 원에 한 보따리
없는 것 빼고 다 있소.
얼 씨구씨구 들어간다.
처녀도 오고 총각도 와라.
아줌마도 오고 아저씨도 오고
할머니도 오고 다 오쇼.
진상들만 빼고 다 오쇼.

1인 다역, 꽹과리를 두드리며 쩌렁쩌렁 목소리를 높여 호객행위를 하는 내 이마에서 땀이 배어 나오기 시작했다. 입이 찢어져라 웃는 분장의 각설이가 지휘하듯 꽹과리를 울리자, 사람들이 모여들기 시작했다. 이번엔 준비해 간 반주기를 틀어 볼륨을 올렸다. 장사익의 '꽃구경' 반주가 흘러나온다. 눈을 지그시 감아 감정을 가다듬고는 마치 등에 업힌 할머니와 대화하듯 구성지게 노래를 불렀다.

어머니, 꽃구경 가요.

제 등에 업히어 꽃구경 가요.
세상이 온통 꽃 핀 봄날
어머니는 좋아라고

그때였다. 반주가 갑자기 빨라졌다 느려졌다 롤러코스터를 탔다. 이런, 낭패다. 반주 없이 노래 부르기는 쉽지 않다. 바짝 마른 입술에 혀를 돌려 축이고는 노래 대신 꽹과리를 두드렸다.

"아따, 저놈의 고물 반주기가 꽃구경시키면 안 된다네요. 워쩔까유?"

그때였다. 지켜보던 민국이 달려와 반주기 앞에 앉아 반주기를 살폈다. 나는 각설이처럼 절뚝거리며 사람들 사이를 비집고 들어가 애드리브를 쳤다. 사람들이 와그르르 웃을 때마다 한껏 데시벨을 높여 엉덩이를 흔들었다. 할머니 한 분이 나와서 덩실덩실 춤을 추는데 꽃구경 반주가 다시 울려 퍼졌다. 나는 바로 분위기를 바꿔 애절하게 노래를 불렀다. 춤추던 할머니가 갑자기 넙죽 엎드려 절을 하더니 눈물을 흘린다. 이어지는 나의 애드리브……. 내 손이 할머니를 일으켜 감싸안았다.

할머니이— 지금 뭐 하신대유? 솔잎은 뿌려 뭐 하신대유?

눈물을 훔치는 할머니와 노래를 따라 부르는 사람들이 하나가

됐다. 희열! 슈퍼 안에서는 쿵작쿵작 2박자에 맞춰 '골라, 골라, 만 원! 골라, 반값의 절반! 절반의 반값!' 하면서 다다구리가 한창이다. 민국은 반주기 앞에서 떠날 줄 모르고 나와 함께 호흡을 맞췄다.

행사를 마치고 돌아온 민국은 아까부터 계속 각설이 타령을 흥얼거린다. 창고를 정리하면서 '얼씨구'로 먼저 시동을 건 다음, 삽자루는 여기에/대걸레는 세우고/락스는/어디 갔냐?
혼잣말 대신 제 맘대로 노랫말을 지어 부르며 정리하는 녀석을 보고 있으니 웃음이 절로 났다.
맨 처음 품바 무대에 올랐을 때였다.
무대에 처음 선 그날, 부끄럽다는 생각조차 못 할 정도로 겁이 나 눈앞에 모인 사람들이 하나도 보이지 않았다. 입에 붙도록 연습했던 멘트도 까맣게 생각나지 않았다. 동료들이 꽹과리, 장구를 치며 추임새를 넣었지만 입이 떨어지지 않았다. 꽁꽁 얼어붙은 얼음 조각상처럼 서서 꼼짝도 못 할 때, 그놈 얼굴을 떠올렸다. 조롱 섞인 눈동자에 광채를 뿜고는 이죽거리며 죽일 듯 달려들던 그 녀석! 귀싸대기라도 한 방 날려주고 싶었지만, 목구멍이 포도청이라 꾹 눌러 참았었다. 나는 그놈을 향해 돌격하듯 꽹과리채를 휘둘렀다. 그리고 2박자에 맞춰 악을 썼다.

봐라, 이놈, 나쁜, 놈아,
나의, 인생, 바꾼, 놈아,
내가, 죽길, 바란, 놈아,
내 눈, 바로, 쳐다, 봐라,
광대, 풍바, 시작, 이다.

그렇게 입을 튼 나는 내 정신이 아니었다. 같은 말을 반복하며 꽹과리를 후려치는데 각설이로 빙의라도 된 듯 익혔던 멘트가 줄줄 이어졌다. 지금 생각해도 신기한 일이다. 그렇게 시작한 무대는 시간이 지날수록 공연이 아닌, 놀이가 되어 즐길 수 있었다.

"아저씨, 깜놀이에요! 블랙핑크 저리 가라던데요? 와, 에너지가 장난 아녜요? 생긴 거랑 다르게 그런 EDPS는 어디서 다 주워 모으신 거래요? 대박 웃긴 거 알죠? 담부턴 19금이라고 써 붙여 놓으셔야겠어요."

"인마, 그거 배우는데 3년은 족히 걸렸어! 그것도 2박자 리듬을 타야 하거든. 웃을 일 없는 분들에게 그렇게라도 해서 웃게 해 드리는 게 뭐가 어때서? 어르신들하고 무슨 말을 하겠냐? 전쟁을 겪은 가장 고생한 분들을 그렇게라도 위로해 드려야지."

인생은 어차피 광대 아니겠나, 사람과 짐승이 다른 건 인격 때문이라는데 인격도 따지고 보면 만들어지는 것 아니겠나……. 그

것이 자연스럽게 내면부터 차오른다면 모를까 노력해서 얻는 거라면 그게 그 사람이라고 말할 수 있을까? 고상한 광대나 저급한 광대나 광대는 광대일 뿐이다. 오늘 나는 한바탕 놀고 돈도 벌었으니 이만하면 된 거다.

"아저씨, 지금 도파민이 쭉쭉 올라온 얼굴인 거 알아요? 딱 첫사랑을 만난 얼굴이라니까요."

"그래? 흥분되는 건 맞지! 나라고 우울하지 말란 법이 있겠냐? 그래도 한바탕 놀고 나면 가라앉았던 텐션이 주욱 올라가니…… 첫사랑 만난 기분이 맞을 수도!"

"아 씨, 근데 나는 공연도 안 했는데 왜 자꾸 각설이 타령이 입에 붙고 난리야? 전염됐나?"

"하하, 각설이가 찌질하게 좀 그래!"

"아저씨 보니까 각설이로 사는 것도 나쁘진 않은 것 같아요. 무대는 다르지만 사람을 즐겁게 하면서 자신도 흥분되는 차원에서 보면, 블랙핑크나 아저씨나 비슷하죠 뭐. 스타가 아니라 돈을 못 벌어서 그렇지……. 근데 나는 돈도 많이 벌고 싶어요. 헤헷!"

"그래, 각자가 원하는 삶이 있으니…… 후회 없는 삶을 사는 게 가장 중요하겠지. 그나저나 반주기는 어떻게 된 거야?"

"업데이트를 안 하고 쓰셨더라고요. 업데이트 해줬더니 살아난 거예요."

"고맙다! 오늘 고시원 청소를 못 했으니 내일은 새벽에 일어나

같이 하자고."

"헐, 나더러 내일도 행사를 가자는 거예요?"

"안 가려고? 민국 의리가 고작 거기까지인가? 당연히 가야지."

3일째 되는 날에도 우리는 새벽에 부지런히 청소를 끝내고 대성슈퍼로 갔다. 마지막 날이라 슈퍼 앞 사거리에서 딱 1시간 동안만 깜짝 공연을 계획했고, 그 시간 즈음에 어르신도 오기로 했다.

민국은 여전히 멀찍이 서서 구경을 했지만 반주기에 신경을 쓰는 눈치였고, 장구를 칠 때는 가끔씩 고개를 까딱대기도 했다. 사거리가 왁자해지자, 사람들이 더 많이 모여들었다. 슈퍼 안은 더욱 북적댔고 각 코너에서는 마이크로 물건을 파느라 정신이 없었다.

"한우 불고기가 반값이에요! 명란젓이 원 플러스 원입니다. 고등어, 갈치, 새우, 진복이 산지 직송입니다. 만 원어치만 사면 아주 예쁜 바가지가 사은품으로 나갑니다."

장구 소리, 꽹과리 소리에 나의 애드리브와 노래까지……. 신림동 전체가 출렁일 판이었다. 한창 분위기가 무르익을 즈음 익숙한 목소리가 왁자하게 떠들며 가까이 왔다. 어르신이다!

왔구나 / 왔어 / 어르신이 / 드디어 / 납시셨네.

노랫가락으로 환영하며 민국에게 사인을 하자, 어르신이 영문도 모르고 껄껄 웃는다.

아이고, 어머니~~

느닷없이 울먹이듯 큰 소리로 추임새를 외쳤다. 민국은 얼른 알아듣고 약속했던 반주기를 돌렸다. 물기로 축축이 젖은 내 목소리가 반주기와 함께 슬프고 절절하게 울려 퍼졌다.

불러 봐도 울어 봐도 못 오실 어머님을
원통해 불러보고 땅을 치며 통곡해요.
다시 못 올 어머니여
불초한 이 자식은 생전에 지은 죄를
엎드려 빕니다······.

주변이 찬물을 끼얹은 듯 조용해지고, 어르신은 자신이 가장 좋아하는 노래라며 나머지 노래를 나와 함께 불렀다. 촉촉이 젖은 목소리가 사람들의 가슴을 헤집어 놓을 즈음, 나는 목소리를 가다듬고 얌전하고 깍듯한 멘트를 날렸다.

부모님요, 고맙습니다!

제가요. 살다보니 각설이가 되었습니다.
가위 장단을 칠 때도,
장구를 때릴 때도,
악기 울음소리 벗 삼아 불효자는 웁니다.
각설이 되라고 대학까지 보내지는 않았을 텐데 어찌합니까?
내가 행복해지는 삶인데요.
누군가에게 웃음을 주고,
속에 있는 응어리들을 풀어주는 일이 억수로 좋아 나는 이 길을 가렵니다.
어머니, 아버지! 불효자식 용서해 주이소!
언제나 사랑합니다. 어디서나 건강 하이소!

어르신의 커다란 손이 내 등을 쓸어내리며 다독였다. 바둑 친구라며 함께 오신 할아버지 한 분이 구성지게 노래를 다시 부르기 시작했다. 깡통에 돈을 넣는 사람도 있었다. 어르신을 위한 민국의 이벤트는 딱 맞아 떨어졌고, 할아버지 눈에 고인 눈물을 봤으니 녀석도 부모님 생각이 났을 것이다. 언제나 그랬듯 내 가슴도 벅차올랐다. 나는 계속해서 대성슈퍼의 손님을 끌기 위해 목청을 돋웠다.

작년에 왔던 각설이 죽지도 않고 또 왔네.
품바 스승이 말했네.

거지의 '거'는 '클 거'
거지의 '지'는 '알 지'
'큰 뜻을 품은 자'라 말했네.
엉터리 해석인 줄 알지만
나는 그 말대로 살기로 했다네.

여기저기서 사람들의 흥얼거림이 들려온다.

얼--씨구씨구 들어간다!

⑦ 403호, 우리 아이, 우리 새끼

"짝!"

민국이 들어서자, 엄마는 다짜고짜 민국의 오른쪽 뺨을 후려쳤다.

"억!"

순식간에 당한 일로 왼쪽으로 휘청하던 민국의 눈동자가 길을 잃고 빠르게 움직였다.

"엄마, 무슨 짓이야? 갑자기 왜 이래?"

"몰라서 물어? 너 지금 어디서 오는 거야? 응? 왜 이 녀석이랑 같이 들어와?"

엄마는 눈에 힘을 잔뜩 주고 나를 돌아보며 쏘아붙이더니 또 손을 번쩍 들었다.

"엄마 눈에는 엄마 자식만 보여? 민국이가 뭘 잘못했다고 이래?"

내가 엄마 손을 붙들자, 나를 힘껏 밀치고는 주먹 쥔 손으로 민국이를 닥치는 대로 때렸다.

"이런, 나쁜 자식!"

"엄마, 제발! 나도 숨 좀 쉬자고! 왜 남의 자식한테 이래? 차라리 나를 때려! 죽을 만큼 맞고 싶은 건 나니까."

민국을 잡고 흔드는 엄마를 뜯어말리며 나는 아무 말이나 쏟아 냈다.

"전화기까지 꺼놓고……. 돌아도 한참 돌았구나! 공부하라고 온갖 정성 다해 뒷바라지했더니, 하루를 48시간으로 쪼개 써도 시원찮을 판국에…… 큼, 큼…… 너 술까지 마신 거야?"

눈에 핏발이 선 엄마가 내게 코를 들이대고 냄새를 맡고는, 이번엔 내게 달려들어 등짝을 후려치며 울부짖었다. 나는 엄마의 화를 온몸으로 받아 내며 이를 악물었다.

"아, 씨발! 그만 좀 하라고!"

느닷없음과 억울함에 눈물을 훔치던 민국이 엄마의 손에서 나를 거칠게 떼어 내며 소리쳤다. 엄마는 그 자리에 주저앉아 가슴을 쥐어뜯으며 울기 시작했다.

"저, 저…… 저런 불한당 같은 놈…… 내가 너를 어떻게 키웠는데. 조금만 더 견디면 온 세상이 다 저한테 절할 텐데, 그걸 못 참고 저런 모자란 놈하고."

금방이라도 숨이 넘어갈 듯 꺽꺽대자, 민국이 냉장고에서 생수병을 꺼내 내민다.

"근데 왜 이러시는 거예요?"

"저리 치워! 못된 놈, 어린놈이 겁도 없이 누구한테 주적대는 거야?"

불륜이라도 하다가 들킨 사람인 양 취급하며 악을 쓰는 엄마는 완전히 이성을 잃었다. 복도에서 들리는 발소리와 사람들의 웅성거림이 맞서서 아픈 것보다 더 아프게 찌를 때, 민국이 내 손을 잡아끌고 문을 벌컥 연다.

"상상하는 거, 그런 거 아니에요! 그러니 방으로 돌아들 가세요!"

햇살 고시원에 들어오게 된 것은 순전히 엄마 때문이다. 청주가 집이라 학교 기숙사에 있는 나를 일방적으로 퇴실시키고, 엄마는 자신의 입맛에 맞는 조용하고 쾌적한 고시원을 서치하기 시작했는데, 그렇게 찾아낸 곳이 햇살 고시원이다.

"거기 햇살 고시원이죠? 블로그 보고 전화드렸는데 빈방 있나요?"

"네, 세 개 있습니다!"

"지금 볼 수 있나요? 참고로 우리 아이는 서울대 다니는 여학생이에요. 학교 다니면서 고시 준비를 하는 아이라 공기 좋은 곳을 찾고 있어요. 방음이 잘 되는 방이 있을까요?"

엄마는 나를 옆에 세워 놓고도 '우리 아이'란 단어를 수없이 사용하며 통화를 이어 나갔다.

 우리 아이는 더위를 많이 타서 에어컨이 잘 돼야 한다는 둥, 우리 아이는 엘리베이터 작동 소리가 안 들리는 방이어야 한다는 둥, 우리 아이는 여학생이라 문에 자동 잠금장치가 돼 있어야 한다는 둥…….

 말 서두에 끊임없이 '우리 아이'를 붙이며 요구사항을 줄줄이 늘어놓았다. 언제까지 나는 엄마의 아이로 살아야 하는 건지, 내 의견 따위는 하나도 중요하지 않고, 마치 내가 자신의 분신이라도 되는 듯 마음대로 한다. 더구나 천하에 자기 딸보다 귀한 존재는 없노라고 상대에게 각인시킬 때면, 쥐구멍에라도 숨고 싶다. 학교에 가면 나보다 월등한 수재들이 수두룩한데 왜 나만 특별한 사람 코스프레로 몰아가는지, 부끄러웠다. 게다가 엄마는 필요시, 한결같은 목소리로 나긋나긋 말하곤 하는데 그럴 때면 화를 낼 줄 모르는 천사, 최상의 피스 메이커가 따로 없다. 사람들은 모른다. 그게 얼마나 나를 긴장시키고 심장을 조이게 하는지.

 3개의 방을 샅샅이 헤집어 살펴본 후, 까다로운 심사를 거쳐 지정된 방은 403호다. 4층 복도 중간에 방화문이 있고, 방화문 안쪽에 403호가 있어 일단 엘리베이터 작동 소리는 들리지 않는다. 엄마는 햇빛이 잘 드는지, 방과 방 사이의 벽이 가벽은 아닌지, 화장실 물은 잘 내려가는지 등등, 벽을 두드려 보고 수도꼭지를 틀어 보며 재차 점검했다. 나는 다음 지시를 기다리는 로봇처럼 403호 문턱에 걸터앉아 바쁘게 심사하는 엄마를 멀거니 쳐다 보았다.

"이만하면 됐어요. 계약하죠!"

사무실로 안내한 청년은 프린트된 계약서 한 뭉치를 꺼냈다.

"주인 없어요?"

"저하고 하면 돼요."

"부탁할 것도 있고, 주인을 불러 주세요."

엄마는 눈을 내리깔고는, 안내하는 청년의 시선을 무시하며 요구했다.

"여기, 도장도 이렇게 제게 맡겼고, 저희 고시원은 깔세라 보증금이 없어요. 주인이 있어야 할 특별한 이유가……."

나는 안다. 청년의 말이 채 끝나기도 전에 엄마의 데시벨이 높아지고 있다는 것을.

"주인하고 계약하고 싶다잖니? 총무인지, 청소부인지 모르겠지만 주인한테 할 말이 있다고. 왜 이렇게 말이 많아?"

조마조마하고 있는데 청년이 엄마를 똑바로 쳐다보며 무슨 말인가 하려다 꿀꺽 삼키고는 밖으로 나가 전화했다.

"여기, 앉아서 조금만 기다리세요. 오시고 있는 중이랍니다. 저는 하던 일이 있어서 이만……."

청년이 나가자, 엄마는 마치 엄마 안의 또 다른 엄마가 튀어나와 말하는 것처럼 부드럽고 다정한 목소리로 교묘하게 잔소리를 시작한다.

"딸, 잠들기 전에 매일 전화하는 거 잊지 마."

저 말은 몇 시까지 공부하는지 감시하겠다는 말이다.

"밥은 꼭 제대로 된 식당에서 먹고, 엄마가 보내 주는 보약 꼬박꼬박 잘 챙겨 먹어. 절대로 이곳에 사는 사람들과는 말 섞지 말고, 눈 맞춤도 하지 말아야 해. 알았지?"

"그렇다고 인사도 하지 마?"

"응, 그러는 게 좋을 것 같아. 여기 고시생들 별로 없을 거야. 죄다 일반인들일 거야. 그냥 있는 듯, 없는 듯 다니면 돼. 학교 기숙사에 있어야 마음이 편하긴 한데 방을 같이 써야 하니……."

다정을 빙자한 난이도 높은 가스라이팅이다. 불행인지, 다행인지, 지금껏 나는 엄마의 가스라이팅에 길들여져 공부 빼고 내가 뭘 잘하는지도 모른다. 어쩌면 밥 먹는 것 말고 스스로 할 수 있는 일이 있기나 한지도 모르겠다. 어릴 때는 몰랐는데 대학에 들어가 기숙사에 살면서 다른 친구들이 나를 불편해한다는 걸 알았다. 친구들은 내게 스스로 할 줄 아는 게 없어 손이 많이 간다고 '손이 가요, 손이 가, 새우깡에 손이 가요!' 이러면서 '새우깡'이란 별명을 붙여 줬으니까.

"그렇게 걱정되면 CCTV를 설치하든가, 위치 추적이라도 달아 놓지 그래?"

엄마는 요즘 내가 자기 말에 삐딱선을 자주 탄다면서 모두 나를 위해서라고 했다. 훗날 옛말을 할 때가 올 텐데 말 안 들으면 그때 가서 후회할 거라고 입막음하고는 계속 조곤조곤했다. 애국가라도 속으로 불러야 안 들리려나, 하고 막 시작하려는데 뚱뚱한 할아버지 한 분이 사무실로 바쁘게 들어섰다.

"아유, 덥다! 이 자식, 더운데 선풍기라도 틀어 드리지."

선풍기 대신 에어컨 리모컨을 작동시키고는 냉장고에서 오렌지 주스 두 개를 꺼내 내밀었다.

"그래, 방을 계약한다고! 학생이 있을 건가?"

엄마는 거들떠보지도 않고 내게 먼저 물었다.

"네."

"계약하면 되지, 뭐가 문제인데? 뭐, 나한테 부탁할 것이 있다고."

내게 묻자, 엄마가 나선다.

"우리 아이가요, 많이 예민해요. 더구나 여긴 남자들이 너 많은 것 같은데 괜찮을까요? 우리 아이가 어릴 적부터 공부만 하던 아이라 세상 물정에 둔해요. 우리 아이를……."

"아, 그래요? 그럼 호텔로 가셔야지. 여긴 그런 편의까지 제공 못합니다. 그렇게 귀하신 따님을 내가 어찌 보살핍니까? 호텔을 알아보쇼. 세 안 놓습니다."

엄마의 그런 얼굴은 처음 봤다. 화를 낼 수도 더 이상의 '우리 아이'를 부탁할 수도 없는 상황…… 나는 웃음이 킬킬 샜다. 할아버지의 단칼로 딱 자르는 뚝심에 일어나서 폴더 인사라도 꾸벅꾸벅하고 싶었다.

"그게 아니라…… 우리 아이가 알레르기가 있어 산과 가까운 고시원을 어렵사리 찾은 건데……."

엄마는 말까지 더듬으며 할아버지께 머리를 조아렸다.

"그러니까. 방이 맘에 들면 함께 살고, 불편하면 호텔로 가고! 나는 아주머니 아이 보호자는 못해요."

하더니 내게 물었다.

"학생은 어떤가? 학생이 마음에 든다면 입주하고!"

엄청 마음에 든다고 말하고 싶었지만, '괜찮은 것 같다'며 끄덕였다. 할아버지의 기세에 놀린 엄마는 '잘 부탁드린다'는 말을 끝으로 계약서를 작성했다.

청년의 이름이 고민국이라는 것을 안 것은 엄마가 청주로 떠난 직후였다. 엄마의 무례함을 사과해야 할 것 같아 고시원 내부를 안내하는 청년에게 말을 건넸다.

"저기, 좀 전에…… 우리 엄마 말…… 미안해요!"

"뭐가요? 아, 그거? 나 청소부 맞아요. 청소하는 일 하면 청소부인 거죠 뭐. 괜찮아요."

"그래도……."

"누나, 우리 걍 말 까요! 나는 존대가 세상에서 젤 어렵더라고!"

　녀석이 누나라고 부르며 친화력 있게 제의하자, 엄마 때문에 무거웠던 마음이 한결 가벼워졌다. 게다가 녀석은 MZ세대가 분명해 거친 말 같으면서도 신조어를 섞어 동글동글 말하는 게 제법 귀여웠다. 몇 번이나 부딪치겠냐마는 편하게 지내는 것도 나쁘지 않을 것 같았다.

　"그러지 뭐!"

　"누난 평생 갓생 살았구나? 누나 엄마를 보는데 딱 우리 엄마더라고. 우리 누나도 누나처럼 갓생 살 거든. 아우, 숨 막혀! 아, 아니, 미안! 우리 엄마가 그렇다고."

　우리는 자연스레 통성명했고, 그날 이후로 민국은 의지할 곳 없는 낯선 고시원에서 내게 든든한 존재가 되어 주었다.

　그날, 엄마의 느닷없는 출현은 기말고사 결과 때문이었다. 시험이 끝난 다음 날, 결과가 궁금한 엄마로부터 어김없이 전화가 왔지만 받을 수 없었다. 최저 3.0은 되어야 한다는 엄마의 기대와는 달리 이번 기말고사도 완전 최악 수준으로 바닥을 쳤다. 자신 있었던 기본권론 시험조차 서술형 문제에서 뒤죽박죽 꼬여 뭐라고 썼는지 기억조차 나지 않는다. 지난번에도 시험을 망쳐 고시원으로 거처를 옮긴 것인데, 비슷한 상황을 어찌 설명한단 말인가. 엄마의 실망스런 얼굴이 떠올라 불안감이 걷잡을 수 없이 밀려왔다.

 나는 늘 그랬듯, 불안감을 늦추려고 조성진의 쇼스타코비치의 피아노 협주곡 1번을 유튜브로 틀고 이어폰을 귀에 꽂았다. 시험 시작 전에는 마음을 가라앉히기 위해 비발디의 사계 중 가을과 겨울을 듣는다면, 끝나고는 쇼스타코비치를 듣곤 했다. 특히 4악장에서의 트럼펫 연주가 나오는 부분은 시험의 끝을 장식해 주는 것 같아 나도 모르게 손을 휘저으며 지휘했었다. 팡파르 같은 트럼펫 연주가 잦아들 무렵 조성진의 신들린 연주가 이어지고, 주거니 받거니 하는 연주는 '수고했다, 조수정!' 이렇게 말해 주는 것 같아 눈물이 났었다. 그런데 오늘은 턱턱 걸린다. 트럼펫 소리는 나를 조롱하는 것 같았고, 피아노 연주는 '그것 봐! 이게 네 실체야!' 라며 마구 몰아붙여, 도망치느라 숨이 찬 내 심장 소리 같았다. 귀에 꽂은 이어폰을 빼 내동댕이쳤다. 그리고 206호로 달려가 민국이 방문을 두드렸다.

 "민국아, 뭐해?"

 어리둥절한 민국이 문을 열고 나오더니 내 안색을 보자, 이유를 묻지도 않고 따라오라고 한다. 우리는 고시원 옆, 청룡산으로 올랐다. 얼마쯤 오르는데 운동 기구 몇 개가 놓인 제법 넓은 공터가 나온다. 민국이 가리키는 의자에 앉았지만 아무 말도 할 수 없다. 민국은 한참 동안 내가 무슨 말인가 해 주길 기다리다가 철봉에 매달렸다.

"왜 그래요? 공부만 하는 누나가 남친한테 차였을 리도 없고 엄마한테 혼났어요? 아니면 어디 아파요?"

철봉에 매달려 턱걸이하면서 조심스레 묻는 민국에게, 시험을 망쳐서 그런다는 말은 차마 못 하겠다. 더구나 민국은 내게 존댓말을 하고 있었다. 그만큼 당황했다는 거다. 의자에 앉아 하늘을 쳐다보며 눈물을 삼켰다. 쓴맛이 올라온다.

"맥주 마실래요? 누나는 마셔도 되잖아! 나는 미성년자니까 딱 한 모금만…… 술 마셔 봤어요? 릴렉스해지는 데는 최고예요."

"맥주? 그런 거 내가 마셔봤었나? 생각이 안 나네."

그랬다. 오직 한 길만 바라보며 달렸던, 어떤 다른 선택도 존재하지 않는, 나는 고시를 위해 태어났고 고시가 내 운명이라고만 생각하며 산 것 같다. 언제부터인지 모르지만 엄마는 내가 보험이란다. 자신의 인생을 오직 내게 올인하는 거라며 쏟아붓는 정성, 아니 고문을 버티며 여기까지 왔는데 엄마는 지칠 줄 모르고 '우리 아이'를 각인시킨다. 끊임없는 평가와 판별만이 존재하는 세계, 네 가치는 너의 결과물로만 전문가들에게 평가받는 거라며 세뇌당하는 자리가 내 자리인 것만 같이 갈수록 지치고 숨 막힌다. 이제 본격적인 시작인데 엄마의 간섭과 함께 고지를 어찌 오른단 말인가. 폭발해 버리고 싶다.

"누나, 무슨 일인지 모르지만 미치고 싶은 얼굴인데? 맞나? 그러지 말고 우리 홍대 클럽에 가 볼래요? 태국에선 친한 가이드 형

따라 클럽 비슷한 곳에 가봤는데 여기선 못 가봤어요. 누나랑 같이 가면 나도 꼽사리 껴서 갈 수 있을 텐데. 요즘 라이브 아이돌 공연이 대세래요."

"……."

"가서 미친 듯이 놀면서 다 털어버리고 새로 세팅해요."

클럽이라니? 생각해 본 적도 없다. 그런데 미치고 싶다. 아니, 숨 쉬고 싶다.

"가 보자!"

민국은 스마트폰을 꺼내 한참을 서치했다.

"여기, 여기가 가성비도 좋고 처음 가는 사람들에게 부담 없을 것 같은데 누난 어때?"

민국이 서치한 곳은 복잡하지 않은 평일에 장소를 제공하는 클럽 블로그였다. 여럿이 한 팀을 만들어 단체로 가는 곳이라 가격이 저렴하다.

"홍대 앞 5분 거리, 줄리앙 클럽에서 평일 모임을 환영합니다. 평일에 가볍게 한잔하면서 둥칫둥칫 노는 곳입니다. 흥겨운 사람은 플로어에서 자유롭게 춤을 추셔도 되고 음악 감상만 해도 됩니다. 평일이라 저렴한 가격으로 모시겠습니다. 참석하고 싶으신 분은 댓글 달아 주세요.

덧-주류(보드카/ 맥주/ 소주), **비주류**(주스/ 콜라/ 생수) **선택한 후 3만 원 입금하시면 됩니다."**

줄리앙 클럽에서 주관하는 모임은 손님이 없는 평일에 이벤트를 열어 영업하는 거라 어느 정도 사람이 모여야 입장이 가능한 시스템이었다. 화려하게 치장한 내 또래의 남녀들이 클럽 앞으로 하나, 둘 모여들기 시작했다. 민국과 나만 청바지에 티셔츠 차림이라 조금 뻘쭘했지만, 한 번만 부딪치고 말 사람들이라서 거기까지 신경 쓰기 싫었다. 민국도 마찬가지인 듯했다.

"다 모인 것 같은데 들어가시죠. 가서 그냥 신나게 쏟아 놓는 겁니다. 묻지도 따지지도 말고요."

8명 정도 모이자 클럽에서 일하는 남자가 우리를 안내해 나와 민국도 눈치껏 뒤따랐다.

건물 입구에서 우리를 태운 엘리베이터가 10층에서 멈추자, 굴속 같은 클럽이 바로 연결되어 나타났다. 안쪽에서 한 번도 들어 보지 못한 음악 소리가 굉음으로 먼저 튀어나왔다. 그리고 이어지는 광경…….

빛과 어둠이 대비되는 곳, 마치 선에서 악으로의 길이 열린 것 같은 출구, 먼지와 술 냄새로 찌든 컴컴한 공간, 그곳에서 데시벨을 한껏 높인 디제이의 흥분된 목소리가 리듬을 타고 들려와 마치 다른 세계에 던져진 것 같았다.

"왜요? 겁나요?"

"아니, 너무 시끄러워서 정신이 하나도 없어."

민국이 내 손을 덥석 잡고는 자기만 믿고 따라오란다.

나라고 왜 듣는 말이 없겠냐…… 전시회, 음악회, 뮤지컬, 콘서트…… 모든 문화는 고시 패스 뒤로 미뤄 놓았을 뿐이다.

친구도 사귀면 안 되고, 쉬는 시간도 300초를 넘기면 안 된다고 5분이라고 하면 될 것을 300이라는 큰 숫자로 표기하는 잔인한 엄마…… 그 틀 속에 나를 가두고 살았다. 공부가 힘든 것만은 아니다. 알아가는 재미에 내가 가장 잘할 수 있는 일이기도 하다. 활자 중독증 때문에 광고 전단지라도 읽어야 편안해지는 나는 그냥 공부가 취미인 사람이다. 그런데 언젠가부터 답답해지기 시작했다. 누군가에게 감시당하는 느낌, 예전엔 보살핌이었다면 지금은 구속이고, 압박으로 다가와 불안해지기 시작했다. 내게도 숨구멍이 필요하다. 작지만 아주 강력하게 뻥 뚫린!

"와우, 여기 누나 별천지다! 생각보다 죽이는데?"

민국은 클럽 문이 열리자, 환호성을 지르며 잡았던 손을 놓고는, 입구에서부터 현란하게 몸을 흔들기 시작했다. 누구도 의식하지 않고, 음악에 맞춰 깜빡거리는 조명과 한 몸이라도 되려는 듯 리듬을 타는 민국은, 춤도 진심인가 보다. 꼬질꼬질한 청바지에 벙벙한 티셔츠를 입고서 흔들흔들 과하지 않은 몸짓이 귀엽기도 했다. 나를 떨궈 놓고 사람들 속으로 사라진 민국은 몇 곡의 음악이 끝나도록 나타나지 않았다. 일행들이 내게 신경 써 자꾸 말을 붙이는 것도 그렇고 자리가 불편해지기 시작했다.

오색 불빛 아래서 디제잉 음악에 맞춰 춤을 추는 것도 아무나 하는 일은 아닌가 보다. 시간이 지날수록 음악은 고막이 찢겨 나갈 듯 시끄럽게 들렸고, 눈을 어디에 둬야 할지 모르는 의상을 입은 젊은이들 속에 들어갈 수 없는 이질감이 짙어졌다. 신나게 몸을 흔들며 음악의 후렴 부분에서는 다 같이 떼-창을 부르는 젊음 속에서 나만 잔뜩 주눅이 들어 있었다. 앉지도 서지도 못한 채, 엉거주춤 맥주를 홀짝이는 나…… 미치는 것도 쉽지 않다는 생각에 민국이 나타날 때만 기다리며 길게 한숨을 쉬었다. 사람들이 몇 번이나 나를 잡아끌었지만 한 발짝도 뗄 수가 없는 나는 춤이라고는 대여섯 살 때, 김건모의 '잘못된 만남'에 맞춰 엉덩이를 흔들었던 게 전부다. 나는 민국의 보호자가 되어 몇 시간을 앉아 있다가 밖으로 나왔다.

 클럽을 나와 스마트폰을 여니 엄마에게 14통의 부재 중 전화와 수많은 카톡이 와 있었다.

"어디니?"

"무슨 일 있어?"

"왜 전화를 안 받는 거야?"

"걱정된다! 톡 보면 바로 전화해."

.

.

.

"수정아, 어떻게 된 거야? 빨리 답 줘. 너 고시원에도 없다면서? 주인 할아버지께 확인 부탁했어."

"제발, 전화 받아! 응?"

엄마의 다급한 강도가 점점 짙어졌다. 오늘만큼은 조용히 있고 싶다. 엄마에게 구차한 변명도 하기 싫다. 제일 힘든 사람은 나인데 내가 왜 변명을 해야 하는지, 스마트폰의 전원을 꾹 눌러 꺼버렸다.

햇살 고시원에 도착한 시간은 새벽 1시 20분, 민국은 4층 403호까지 나를 바래다주었다.

"누나, 잘 자! 누나는 힘들었지만 나는 오랜만에 몸도 풀고 완전히 힐링했어."

"응, 너도 잘······."

그때였다. 403호 문이 덜컹 열렸다.

"깜짝이야! 어, 엄마! 웨, 웬일······."

엄마는 다짜고짜 민국을 떠밀어 방으로 밀어 넣고 나를 잡아끌고는 문을 걸어 잠갔다.

"어디서 오는 거야?"

"어, 어디서 오긴······."

거짓말을 잘하는 것도 능력인 것 같다. 머리가 하얘지면서 죽을죄를 지은 사람처럼 말을 더듬었다. 이번엔 민국을 두 손으로 마구 밀치며 다그친다.

"너 우리 아이에게 무슨 짓을 한 거야? 응?"

"엄마!"

갑자기 심장이 마구 뛰기 시작했다. 두려워서도 아니고 억울해서도 아니다. 그냥 창피했다. 이 나이에도 엄마에게 나는 신뢰의 대상이 아니라 관리 대상일 뿐이라는 거. 맞다, 보험…… 아주 튼튼한 보험으로 잘 관리돼야 하는 그런 존재로 취급받는 게 부끄러웠다.

전화기가 꺼져 있자 이 밤에 청주에서 달려온 엄마에게 뺨을 맞은 민국은 억울해서 울었을 것이다. 함께 홍대 클럽에 갔을 뿐인데 흉악범으로 몰렸으니 기분이 더러워서 눈물을 흘렸을 것이다. 어떤 말도 들으려 하지 않는 엄마는 자기 생각에 갇혀버렸다.

한비탕 쓰나미가 훑고 지나간 후, 우리는 사무실로 내려왔다. 엄마가 할아버지께 전화했던 터라, 할아버지도 오셨다.

"우리 새끼, 또 한 건 했구나! 자알 했다. 사내자식이 이런 일 저런 일 다 겪어 봐야지. 귀싸대기 한 대 오지게 맞았다면서? 맞을 짓 했으면 맞아야지!"

"그, 그런 거 아니에요!"

"그런 거? 인마, 지금 네놈 입에서 그런 거라고 하고 있잖아! 네 대가리에도 그런 생각이 들어 있는데 딸 가진 엄마 입장은 오죽해? 당연히 싸대기 날리지. 나 같으면 대갈통 날렸다!"

민국이 고개를 푹 꺾었다. 자초지종을 들은 할아버지는 고개를 끄덕이며 한마디 툭, 던졌다.

"수정 학생이 많이 미안했겠군."

"할아버지, 죄송해요!"

"그래, 두 놈 다 서로에게 미안하겠지. 민국이, 앞장서!"

403호 문을 열자, 엄마는 책상 앞에 앉아 머리를 감싸 쥐고 있었다.

"사과해!"

"죄송합니다!"

민국의 사과에도 엄마는 꼼짝하지 않았다.

"우리 새끼가 착한 수정 학생을 데리고 카바레인지 클럽인지를 갔답니다. 하하, 이놈이 좀이 쑤실 때도 됐지. 그래서 늦었답디다. 미안하게 됐소."

할아버지의 사과를 듣고서야 엄마는 눈을 동그랗게 뜨고 우리 쪽을 바라보았다.

"이, 이 청년이 손주예요?"

엄마다운 질문이다. 짧은 순간, 많은 스크린이 눈앞을 스쳤을 것이다. 눈을 아래로 뜨고 청소부 취급을 했던 일, 걸핏하면 사무실로 전화해 산 옆이라 습하지 않으냐, 요새 산에 러브버그가 많다는데 거기는 괜찮냐, 우리 아이는 호흡기가 약한데 복도에서 담배 피우는 사람은 없냐면서 엄청 귀찮게 확인을 부탁했었다. 그때마다 민국은 수시로 내 방문을 두드리며 엄마를 안심시켜야 했다.

"그렇소! 이놈은 골프 프로가 된다는데 내 보기엔 깜깜해. 여사가 보기에도 그렇죠? 그래도 어쩌겠소. 우리 새끼가 하겠다는데 기다려야지."

"할아버지, 죄송해요! 괜히 저 때문에……."

머리를 조아리는 내게 할아버지가 따뜻한 눈길을 보냈다.

"아니야, 피 끓는 청춘들인데 카바렌가 거기에 갈 수도 있지. 다만 여사를 걱정시켜 그렇지. 하지만 안심하쇼. 뼛속까지 나를 닮아 망아지 같지만, 이래 봬도 성실하고 부지런한 건 누구도 못 따라 와. 허튼짓도 안 했을 거요. 나는 우리 새끼를 믿어!"

"……."

"비록 이놈이 태국서 골프 치다가 제 부모 몰래 귀국해 이런 고생을 자처했지만 계획이 있다니 믿어보는 거요. 내가 잡아 돌리는 중인데 아주 잘 따라오니 얼마나 기특한지."

기특하다는 말에 민국은 목덜미를 벅벅 긁으며 금방 헤실댔다. 단무지 같은 녀석의 매력이다. 엄마는 많이 놀란 눈치다.

"우리 수정이가 안 하던 짓을 해서……."

"딸 가진 부모인데 그럴 수 있지. 여사 마음을 모르는 건 아니오. 대가리에 피도 안 마른 놈이 어디, 대학생 누나를 데리고 그런 데를 가? 허 참!"

할아버지는 헛웃음을 날렸다.

"학교는……."

"아, 그게 제일 궁금하겠군. 이놈 지금 태국에 있는 거요. 전지훈련 중이라고. 하하, 무슨 말인지 알아듣겠소?"

엄마는 그제야 이해가 되는 듯 고개를 끄덕였다.

"여사도 그 나이 먹도록 살아봐서 알 것 아니오. 뭐가 되었든 전문가가 되려면 갈고닦아야 할 시간이 필요하잖소. 그 이전에 성심껏 사는 게 더 중요하긴 하지만. 배운 거 없는 나도 살아보니 그렇습디다. 열심히 살다 보면 뭐가 되기도 하고, 아닐 수도 있지만 그런 경험들이 또 살아가는 힘이 되지 않소. 그래서 세상에 공짜가 없다는 말이 있는 거 아니오?"

가만 보니 할아버지도 민국에게 우리 새끼라는 말을 자주 했다. 우리 새끼, 우리 아이…… 같은 의미인데 왜 다르게 들리는 걸까? 할아버지가 말하는 '우리 새끼'는 무조건 네 편, 엄마가 말하는 '우리 아이'는 내 것이라는 의미로 들렸다. 민국은 할아버지가 우리 새끼라고 불러 주는 게 좋다고 한다. 그렇게 부르면 우주에 안긴 것처럼 편안해진다고 했다. 나는 갇히는 느낌이던데.

엄마는 많이 미안해하는 눈치다. 그렇게 화를 낼 일은 아니라는 사실 앞에 한없이 작아져 부끄러운가 보다.

"어르신, 죄송합니다! 민국이라고 했나? 오해해서 정말 미안하다!"

"나한테 죄송해할 것까지는 없고, 괜찮으면 한 가지 주제넘는 말은 하고 싶소."

"네, 어르신! 말씀하세요."

어느새 엄마는 세상에 둘도 없는 피스 메이커가 되어 있었다.

"똑똑한 여사가 더 잘하겠지만, 수정 학생을 가만 놔둬요. 내 보기엔 학생은 놔둬도 공부할 사람이야. 우리 새끼와는 종자가 다릅디다. 기다려 주면 되는 학생인데, 엄마가 너무 조급해. 이젠 성인이잖아. 엄마는 믿고 기다리면서 뒤에서 하나님이든, 부처님이든 찾으며 기도만 하라고. 그래야 제 인생 제가 책임지며 살지 않겠소? 오해는 말고."

엄마는 할아버지의 제의에 대답하지 않았다. 약자를 누르는 힘으로 강하게 빛나길 원하는 엄마는 아직도 내 이야기가 듣고 싶을 거다. 내 시험 결과가 궁금할 테고, 앞으로 어떻게 할 것인지 묻고 싶을 것이다. 나는 절대로 말하지 않을 거다. 다만 내가 가장 잘하는 공부로 내가 살고 싶은 삶을 살아갈 것이다.

그때였다. 엄마의 전화기에서 벨이 울렸다.

"여보세요?"

"당신 어디야? 수정이 멀쩡하지? 우리 아이 좀 그만 닦달하고 당장 내려와! 당장!"

'우리'라는 단어는 참 묘하다. 쓰는 사람에 따라, 아니 감정의

높낮이에 따라 포용과 구속이 되어 돌아오다니. 아빠의 '우리 아이'가 이렇게 따뜻한 말로 들리는 걸 처음 알았다. 나는 엄마를 바라보며 미소 지었다. 내가 웃자, 나를 낳아 내 껍데기가 된 엄마도 마지못해 나를 따라 웃는다.

한바탕 마라톤을 뛴 듯 가빴던 숨이 천천히 제자리로 돌아오고 있었다. 여유롭게 둠칫둠칫 뛰는 심장을 내 양쪽 팔로 꼭 감싸안았다.
"내 인생은 내 꺼야! 조수정, 사랑한다!"

⓽ 1년 후, 고민국 돌아오다

4개월 동안 할아버지 밑에서 빡세게 훈련받으며 일한 것이 기특했었나? 할아버지는 그동안 내게도 비밀로 한 채 골프 프로 입문의 길을 꼼꼼히 세팅해 놓으셨다. 방송에도 종종 나오는 임 프로가 운영하는 골프 아카데미에 등록시켰고, 실력 있는 개인 프로도 붙여 주셨다. 여러 가지 상황에 대처할 수 있으려면 환경이 다른 골프장을 경험해야 한다고 곳곳의 골프장을 부킹해 놓은 세심함에는 입이 딱 벌어질 지경이었다.

"내가 우리 새끼 스폰서가 되기로 마음먹었다! 알지? 고민국! 어영부영은 할아버지 사전에 없다. 네가 하고 싶은 운동이니 최선을 다해봐! 뭐가 되는 것이 중요한 게 아니라고 했던 거 잊지 말고!"

"네, 근데 열심히 했는데 프로가 못 되면요?"

"정말 열심히 했는데 뭐가 못 됐다? 그것도 괜찮아. 살다보면 다 필요한 일이 될 테니까."

"네, 할아버지, 정말 눈물 나게 고맙습니다!"

"고마울 게 없어, 인마! 투자한 사람 손부끄럽지 않게 열심히만 하면 돼!"

"당근이죠! 저 처음에 태국 갔을 때, 애들이 임 프로 골프 아카데미 로고가 그려진 차를 타고 떼거리로 다니는데 겁나 부러웠어요. 새끼들, 다 죽었어!"

"저 봐라! 방금 할애비가 한 말 똥구멍으로 들었나? 그런 어리석은 마음부터 버려야 성실할 수 있는 거야."

"앗차, 네……. 할아버지! 열심히 하겠습니다!"

그렇게 학교로 돌아간 나는 오전 수업만 마치고, 오후에는 연습장에서 살다가 첫 번째 시합을 위해 태국 전지훈련까지 마치고 돌아왔다.

필요할 때면 오은영 박사님처럼 공감력 짱인 엄마는 할아버지의 혓바닥이라도 되려는지 '아버님, 아버님!' 하면서 친절했고, 내 진로 문제를 의논하는 사이가 되었다. 더구나 고시원에서 죽도록 일해 번 돈을 고스란히 엄마에게 갖다 바쳤으니 오죽하겠나! 그때의 그 눈빛……17년 세월을 고스란히 보상이라도 받은 듯 놀라며 벌어진 엄마의 눈, 처음으로 나를 인정하는 뜨거운 눈빛이었다.

고시원에서 겪은 개고생을 생각하면 다시는 경험하고 싶지 않지만, 웃기는 건 골프를 때려치우고 싶을 때마다 생각난다는 거다.

 사실, 골프 치다가 잠시만 딴생각해도 바람의 방향을 제대로 읽지 못하고, 몸에 힘이 들어가 공이 엉뚱한 데로 날아간다. 그럴 때 프로에게 호되게 밟히는데 그걸 뛰어넘어야 제대로 배울 수 있다.

 "야, 인마! 정신 똑바로 차려! 정신은 엿 바꿔 먹었냐?"

 훅, 올라오는 화를 누를 수 있었던 것도 고시원에서 개고생하던 일이 떠올라서였다.

 한번은 습하고 엄청 뜨거운 날, 얇은 비닐장갑만 끼고 음식물 쓰레기통을 청소하고 있었다. 누군가 고시원 방에서 며칠 묵힌 음식물을 버렸나 보다. 종량제 비닐이 아닌 일반 비닐에 대충 묶은 음식물을 종량제 비닐로 옮겨 담는데, 손에서 뭔가 꼬물거리는 게 느껴졌다.

 "악! 우엑!"

 바글바글한 구더기가 꿈틀대며 기어 나와 내 손에 달라붙었던 그 일……. 쓰레기를 내다 꽂고는 양쪽 발을 구르며 온몸을 털던 그 순간, 구더기란 존재가 얼마나 징그럽고 소름 끼치던지……. 내 몸 곳곳에 구더기가 달라붙어 떨어지지 않는 쓰레기로 느껴져 혼자 눈물을 꾹꾹 삼켰었다. 이러지도 저러지도 못해, 고시원 감옥살이를 하면서도 버틸 수 있었던 건 오직 골프에 대한 미련 때문이었는데, 놀라운 건 태국에서 골프 연습을 하다가 지치고 힘들 때면, 고시원의 일들이 생각나 견딜 수 있었다. 물에 젖은 밥알만 봐도 꼬물꼬물 움직일 것 같아 심장이 쿵 내려앉는 그 일이, 나를 일으키는 채찍이 되다니 세상에 공짜가 없다는 게 맞다. 어쨌거나 죽기 살기로 매달려 성실하게 여기까지 온 내가 좀 멋있는 놈 같기는 하다. 뭐 공부 잘하는 사람만 쓸모 있는 사람은 아니니까.

생각해보면 내가 근성이 좀 있긴 하다. 공부시켜 보겠다고 붙들고 고문시키던 엄마를 중2 때 포기시킨 대신 폼 나게 들이댈 뭔가를 찾아야 했을 때, 아무리 생각해도 잘하는 게 없었다. 엉겁결에 택한 것이 아빠를 따라 몇 번 다녀 본 연습장에서의 골프였다. 아빠 골프채를 몇 번 휘둘렀을 뿐인데 코치가 하체 힘이 좋다느니, 가르쳐 주는 것마다 쏙쏙 빨아들인다느니, 둥둥 띄우는 바람에 골프 천재인 줄 알고 덜컥 골프하겠다고 질러 버렸다. 지금 생각해보면 그때 코치의 말이 사실이었는지 아니었는지도 분명치 않다. 아무튼 그 후부터 나의 골프 인생이 시작되었고, 내가 선택한 골프를 위해 최선을 다하고 있으니까 독종이 맞긴 하다.

할아버지의 호출을 받고, 1년 2개월 만에 돌아온 햇살 고시원은 여전했다. 내가 있을 때, 건물 밑으로 조금씩 올라오던 담쟁이

덩굴이 2층 창문까지 손을 뻗은 것과, 청룡산의 푸르름이 더욱 짙어져 바람이 불 때마다 신선한 숲 냄새가 더 진하게 느껴진다는 것, 그리고 주차장 천장 구석의 거미줄이 여러 개로 늘어났다는 것만 빼고는 변한 게 없었다.

"와우, 고민국! 오랜만이다. 할아버지께 너 온다는 말 들었어."

307호 형이 청소 중인지 대걸레를 들고 나타났다. 형은 지금 햇살 고시원 총무다. 고시원에서 할아버지가 하던 일을 내가 했고, 내가 떠나면 할아버지가 다시 해야 하는데, 암만 생각해도 그건 무리였다. 할아버지 건강이 예전 같지 않아 사람을 꼭 구해야 마음이 놓일 것 같았다. 그때, 딱 떠오르는 사람이 307호 형이다. 형을 총무로 추천했을 때마다 거절한 건 형뿐만 아니라 할아버지도 마찬가지였다.

"그 녀석은 안 돼! 비리비리하고 일이라고는 해본 적도 없을 텐데 청소를 한다고? 거기다가 사람들과 눈 맞추기도 힘든 놈이 어떻게 처음 보는 사람에게 세를 놔."

"할아버지도 형 좋아하셨잖아요. 점잖다고…… 이참에 분위기 확 바꿔서……."

"청소 분위기 바꿔서 뭐 하게. 청소만 잘하면 되지."

"형, 엄청 꼼꼼하다니까요? 저랑 같이 일해 봐서 알아요."

"시끄럽다! 내가 하면 돼."

두 사람을 설득하려고 먼저 형을 꾀어 함께 청소하면서 이것저

것 알려 줬었다. 처음에는 화를 내던 형이 내 설득에 넘어간 것은 단순노동에 대한 나의 썰 때문이었다.

"형, 공부 다시 시작해요! 그러려면 형은 단순노동을 해야 해. 몸은 좀 힘들지만 대신 머리 굴리는 일은 아니잖아요. 머리는 공부하는 데 쓰고, 일하면 잡념도 사라지고 에너지도 생기니까."

"나더러 고시원 청소나 하면서 살라고?"

"그게 아니라……. 형은 몸을 좀 움직여 줘야 한다고요. 청소하면서 공부한 것 머릿속으로 정리도 하고, 사람들과 소통도 하고, 이만한 알바가 어디 있어요?"

"……."

"형 나랑 청소했을 때 잠도 잘 잤잖아요. 불면증 고치는데 최고라니까요?"

순진한 형은 내 말에 홀랑 넘어왔고, 대신 세놓는 것은 할아버지가 전담하기로 했다.

나는 307호 형과 진하게 악수했다.

"오, 형! 형이 제일 보고 싶더라. 근데 고시원에 이렇게 거미줄이 있으면 안 되는 거 아냐?"

"쟈식이 청소 선배라고 보자마자 잔소리네! 인마, 장마 끝나고 가을이 되면 없던 거미줄도 생기는 것 몰라? 최근에 생긴 거라고 하면 믿어 줄래?"

"헐, 그동안 많이 늘었네! 아싸에서 인싸로 환골탈태 중?"

"녀석, 여전하군! 넌 물에 빠져 죽으면 그 가벼운 입만 동동 뜰 거다. 천하에 없는 나발통 같으니라고!"

"나발통이 싫어? 형도 못지않은데? 그동안 어찌 참았을까 나……."

307호 형은 늦은 감이 있긴 하지만 7급 공무원 시험을 준비한다고 했다. 한 번에 욕심내지 않고 7급부터 차근차근 도전할 거라면서 고시원 일도 익숙해할 만하다고 한다.

"부모님과도 연락해요?"

"그럼! 부모님께 손 내밀지 않고 일하면서 공부하고 있으니 당당히 연락했지. 생각해보면 우린 서로에게 솔직하지 못했던 것 같아. 현실을 자각하면서도 두려워서 회피했던 거지. 그러니 곪을 대로 곪을 수밖에. 뭐, 네가 이런 심오한 말에 관심이나 있겠냐마는……."

"헤헤, 맞아요! 해골 복잡한 선 딱 실색!"

"하여튼 단무지 너 때문에 내가 마음에 여유도 생기고 눈을 돌릴 수 있었다는 얘기야."

"부모님이 엄청 좋아했겠어요!"

"응, 좋아하더라고!"

형은 부모님 집에서 가끔 반찬을 공수해 와, 밥도 해 먹는다며 해맑게 웃었다.

"형은 암만 봐도 딱 공무원 체질이에요. 앞뒤 꽉 막힌 꼰대 같은 공무원!"

"아냐, 인마! 나 여기서 말 트고 지내는 사람도 있고, 종종 방을 세놓기도 한다고. 네가 처음 내게 던진 말 생각하면서."

"뭐랬는데요?"

"나도 여기 살아요! 공기가 끝내줘서 재채기 알레르기도 다 났어요. 하하!"

"아주 좋은 멘트인데요? 간접 광고잖아!"

"뭐? 그럼 거짓말이었다고?"

"나, 알레르기 같은 거 없어요! 그거야 산이 가까이 있으니 상식 아닌가? 킬킬, 그걸 뭘 생각하고 말해요? 자연스럽게 줄줄 나와야지."

할아버지는 나만 호출한 것이 아니라 이곳에 살던 사람들을 불렀나 보다. 307호 형은 사람들 올 시간이 됐다고 청소를 마저 해야 한다면서 서둘러 엘리베이터를 탔다.

조금 후에 할아버지와 할머니가 차에 음식을 잔뜩 싣고 나타났다.

"우리 새끼 왔어?"

언제나 그랬듯 할아버지가 두 팔을 벌린다. 나는 쪽팔림을 무릅쓰고 할아버지 품으로 달려들었다.

"아이쿠, 민국아! 살살해! 할아버지 왼쪽 팔 연골이 찢어져서 치료 중이셔!"

할머니가 화들짝 놀라며 말렸다. 그랬다. 누구보다 목소리가 큰 할아버지는 늙지 않는 줄 알았다. 어떤 일 앞에서도 당황하지 않고 큰소리치던 할아버지가 코로나로 호되게 앓은 후부터 자주 아팠던 걸 깜박했다. 그리고 보니 배가 많이 나와 뒤로 젖혀 보이던 할아버지 어깨가 살짝 굽은 듯도 하다.

"할아버지, 이제 힘든 일은 다 나한테 맡기세요! 고민국 힘 빼면 껍데기뿐이니까."

할아버지를 안은 내 팔에 힘이 들어갔다.

"이런, 아주 당글당글 영글었구만! 이젠 할애비를 업고 뜀박질도 하겠어!"

할아버지는 팔도 아프고, 이제 자신은 이 빠진 호랑이가 됐다면서 차에 실린 음식들을 부탁했다. 차에서 짐을 막 내리는데 307호 형이 고시원의 사람들을 데리고 또 나타났다.

"인사해! 여기는 할아버지 손자 고민국, 여기는 207호, 그리고 301호! 이름 알려줘도 금방 까먹지?"

나는 대답 대신 307호 형의 배를 왼손으로 훅-날렸다.

"안녕하세요?"

207호는 307호의 소개로 고시원에 입주하게 됐단다. 독서실에서 함께 스터디하는 사람이라나? 내 보기에도 두 사람은 같은 과 같았다.

"형이 한 건 한 거예요? 우리 형님 잘 부탁합니다!"

207호와 인사를 하고 고개를 돌리는 순간, 익숙한 얼굴이 빙그레 웃고 있다.

"어? 형! 이사 안 갔어요? 맞죠? 쓰레기형!"

오줌 사건의 쓰레기집 형이 아직도 살고 있었다.

"맞아! 아직 이사 못 했다. 넌 골프 잘 돼? 몸이 전보다 더 탄탄하고 좋은데?"

"그럭저럭이요. 며칠 있으면 시합이에요! 그때 보면 알겠죠."

"그래, 잘될 거야! 열심히 했을 테니까."

301호 형은 지금도 대리운전을 하고 있다고 한다.

"낮에는 자고요?"

"아냐, 그동안 신장병 치료에 집중하다가, 얼마 전부터 307호가 도와줘서 공인중개사 공부 시작했어."

"아, 고시원 방 세놓으면서 보니까 그거 발품 엄청 팔아야 하던데요? 괜찮겠어요?"

301호는 발품 파는 건 자기 전문이라며 사람 응대하는 게 피곤할 거라고 했다.

"일단 자격증부터 따고, 그다음은 그때 생각하려고!"

공부가 재미있다는 301호는 병도 치료하면서, 고시원을 탈출하려고 돈도 제법 모았단다.

"자, 자! 그만들 떠들고 주차장 비웠으니 얼른 상부터 차리자."

할머니 앞에서만큼은 순한 양이 되는 할아버지가 명령 대신 부탁했다. 우리는 영문도 모른 채, 할머니의 지시를 따랐다. 고시원 책상을 여러 개 붙여 만든 테이블에 떡, 돼지고기 수육, 홍어회 무침, 샐러드, 막걸리, 수박 등이 차려지고, 종이로 된 개인 접시와 컵, 나무젓가락을 올리자 세팅이 마무리되었다. 할아버지는 아까부터 시계를 들여다보며 누군가를 기다렸다.

"근데 할아버지, 무슨 잔치예요? 할아버지, 할머니 생신도 아니고……."

"6시 되려면 아직 30분이나 남았는데, 음식 다 식겠다."

"그니깐, 왜 6시에 누가 오냐고요?"

"궁금해? 하하, 고시원 수감자들을 위한 잔치다! 아주 신나는 잔치가 될 거야. 기다려 봐!"

"수감자는 뭐고 잔치는 뭐래요?"

"고시원에 처박혀서 안 나오니까 수감자지! 지들 스스로 만든……."

그때였다.

"안녕하세요?"

"오 마이 갓! 403호 누나……."

깔끔한 흰색 블라우스에 검은색 스커트를 차려입고 머리를 단정히 묶은 누나는 예전의 모습과는 사뭇 달랐다.

"와 줬군! 바쁘신 양반이라 거절할 줄 알았는데 어서 와."

"햇살 고시원 원장님 호출인데 아무리 바빠도 와서 눈도장이라도 찍어야죠. 민국, 잘 있었어?"

누나는 예상대로 로스쿨에 합격했고, 변호사 시험을 준비하고 있단다. 엄마가 여전히 간섭했지만, 그때마다 한 번씩 삐딱선을 타주니 견딜 수 있었단다.

"민국 덕분에 나 클럽녀 될 뻔했어. 클럽 의상도 두 벌 장만했다는 전설이…… 호호!"

"아우, 내가 있어야 했는데……. 존나 아깝네!"

뭐든 지기 싫어하는 누나는 줄리앙 클럽에서 비주류로 앉아 있었던 게 계속 마음에 남더란다. 그래서 스트레스를 받은 날이면, 귀에 이어폰을 찔러 넣고 클래식 음악 대신, 클럽 유튜브를 보며 신나게 따라 했단다.

"그러다가 아주 가끔 한 번씩 클럽에도 갔지. 실습 차원에서. 호호!"

"아주 신나셨네! 근데 혼자서요?"

"응, 줄리앙 말고도 비슷한 곳 많던데? 한 번은 아빠가 밖에서 기다려 주기도 했어."

"헐, 아빠까지? 공주님 맞네! 나 같으면 클럽 남자 친구 한 명 만들었겠다!"

"나중에…… 그건 내가 용납 안 해. 공부에 집중 못 할 게 뻔하거든."

갑자기 여친이었던 소영이 생각이 났다. 소식이 뚝 끊긴 채, 몇 달을 지내던 소영이는 내게 깊은 오해를 했다. 수많은 톡과 문자가 와도 답을 할 수 없는 나는 입술을 깨물며 톡을 씹었다. 거짓말로 답을 할까 생각했지만, 그 거짓말 때문에 또 다른 거짓말을 해야 하는 상황이 싫어 꾹꾹 눌러 참았다. 그리고 학교로 돌아가니 소영이는 아이돌 차은우를 닮았다는 승기와 딱 붙어 있었다. 내게는 눈길 한번 안 준 채로……. 성질 같으면 승기 녀석을 먼지 나게 패주고 싶었지만, 그러고 나면 더 쪽팔릴 게 분명해 나도 같이 쌩까버렸다. 눈앞에서 알짱대는 소영이를 견디는 게 힘들었지만 어쩌겠는가! 잘못은 내가 한 걸. 아니 신이 우리를 갈라놓은 걸…….

"누나 말이 맞아! 뭔가에 올인하려면 남친은 방해꾼이지."

"너는? 너는 아직도 ing?"

"나도 쫑났지 뭐!"

옆에서 듣던 할아버지가 자꾸 시계를 들여다볼 때였다. 낡은 스타렉스 한 대가 덜덜거리며 고시원 앞에 멈춰 섰다. 차 안에서 거지 한 명과, 레깅스 바지 위로 엉덩이가 살짝살짝 보이는 짧은 한복을 입은 여자가 내렸다.

"안녕하세요?"

"오, 어서 오게! 생각보다 일찍 도착했구먼."

반갑게 인사하는 사람은 대성슈퍼에서 품바 공연을 하던 아저씨였다.

"와, 아저씨, 아저씨도 호출당했어요?"

"응, 잘 있었어? 너 볼 줄 알았지. 반갑다!"

이제야 나는 할아버지가 뭔 일을 꾸민 건지 눈치챘다. 할아버지는 품바 아저씨가 공연할 때, 지나가는 말로 고시원에서도 공연을 한 번 하면 좋겠다는 말을 흘린 적이 있었다. 죄수 아닌 죄수처럼 스스로를 독방에 가둔 사람들을 몽땅 불러내 한바탕 놀게 해주고 싶다고 했다.

"아저씨, 공연하러 오신 거죠?"

"응."

막다른 골목 맨 끝, 산기슭에 기대어 있는 고시원은 무대를 꾸미기에 나쁘지 않았다. 건물 하나를 사이에 두고 고시촌 교회도 있어, 금요 철야예배 때는 시끄럽기도 해 잠시 공연을 하는 것쯤은 무사통과할 수 있을 것도 같았다.

'저렴하고 깨끗한 원룸, 햇살 고시원'이라고 적힌 플래카드 밑으로 무대가 꾸며졌다. 장구와 북이 세워지고, 반주기의 코드가 연결되었다. 아저씨와 봄이라는 아줌마가 분장을 고치고, 옷매무새를 가다듬는 동안 나는 세팅된 무대를 다시 한 번 살폈다. 품바 아저씨는 작년보다 조금 늙긴 했지만, 전보다 더 각설이 차림이 어울렸고, 얼굴은 하회탈을 뒤집어쓴 것처럼 싱글벙글 이었다.

"근데, 어르신! 괜찮을까요? 분명히 신고 들어올 텐데요."
"걱정 말고 나만 믿어! 내가 다 알아서 할 테니."
"네, 그럼 저는 어르신만 믿고 한바탕 놀아 볼랍니다!"

이가 듬성듬성 빠진 분장을 하고 눈 밑에 왕 점을 붙인 아저씨는 얼굴만 봐도 웃겼다. 청룡산으로 오르던 사람들이 발걸음을 멈추고 무슨 일인가 하며 한참씩 쳐다보았다.

"어여들 오셔서 막걸리 한 잔씩 드세요. 공짜입니다!"

할아버지는 사람들을 불러 세웠고, 지나가던 사람들 몇몇이 머리를 긁적이며 주차장으로 들어선다.

공연 시간이 다가오자, 놀랍게도 오래전에 고시원에 살던 사람들이 하나, 둘, 모여들었다. 수산시장에서 배달 일을 하던 아저씨, 조금만 시끄러우면 신고하던 예민 남, 주식투자 하다가 쫄딱 망했던 아저씨……. 모두 햇살 고시원에 오래 살다가 고시원을 탈출한 사람들이었다. 내가 모르는 사람들도 섞여 있었는데, 할아버지는 고시원에서 1년 넘게 살면서 자신의 길을 찾은 사람들에게 연락했다고 한다.

"어서들 오시게!"

서로 잘 모르는 사람들끼리 모였지만, 같은 공간에 살던 사람들이라는 공통분모가 있어서 그런지 금방 화기애애해졌다.

"여기까지 와 줘서 고맙네! 차린 건 없지만 많이 먹고, 옛말을 하는 시간들이 되길 바라네."

막걸리가 들어가고 음식을 나누자 너도나도 고시원에 살던 이야기들을 풀어 놓느라 시끌벅적하다.

"먹는데 이런 이야기하기 뭐 히지만, 한 번은 새벽에 일하러 나가는데 주차장에 누가 똥을 푸짐하게 싸 놓은 거야. 산에 오르던 사람이 어지간히 급했던 거지. 출근하는데 깜깜하니까 모르고 덥석 밟았지 뭐야. 그것도 아주 오지게! 와, 시간은 없고 돌겠더라고! 어쩌겠어? 신발, 양말, 다 벗어 똥 위에 올려놓고 발만 겨우 씻고는 나도 줄행랑을 쳐 버렸어."

"뭐라고? 그 범인이 자네야? 이런…… 내가 그걸 치우고 냄새 빼느라고 고생한 걸 생각하면 이런, 쳐 죽일……."

"죄송합니다! 그래서 주차장 화장실 문 열어 놓으라고 메모해 놓았던 겁니다! 그 후부터는 그런 일 없었죠? 하하, 분명히 말씀드리지만 똥은 제가 싼 게 아닙니다!"

"하하하!"

여기저기서 웃음이 터졌다.

"추운 겨울에 노숙자가 창고에 살림을 차린 적도 있어. 어느 날 밤, 늦게 들어오는데 창고에서 라면 냄새가 솔솔 나는 거야. 이상해서 창고 문을 살짝 열어보니, 아 글쎄……. 노숙자 한 사람이 비닐 장판을 깔고 그 위에 이부자리까지 펴 놓고는, 한쪽에서 부루스타로 라면을 끓이고 있지 뭐야. 생필품까지 있는 걸 보니 하루 이틀 그곳에서 지낸 게 아니더라고. 추우니까 한밤중에 몰래 스며든 거지. 그땐 나도 힘들었지만 그 사람이 짠하기도 하고, 그래도 나는 고시원이라도 따습게 누울 곳이 있다는 게 고맙기도 하고…….”

뒤늦게 알게 된 할아버지가 쫓아 왔는데 환자더란다. 맘 같아선 주차장 입구의 빈방을 내주고 싶었지만 그러려면 고시원 운영을 접어야 하는 상황이 올까 봐서 할 수 없었단다.

“소문나면 노숙인 전용 시설이 되거든. 마음이야 그득하지만 아직 내가 그런 수준은 못 돼.”

“…….”

할아버지는 하는 수 없이 전기장판을 깔아 거기서 재우고, 다음 날 입고 있던 패딩을 벗어 주고는 경찰을 통해 시립병원으로 인도했단다.

막걸리 한잔을 드신 할아버지가 말을 이었다.

“요즘 고시원에는 어렵고 가난한 소외계층이 많이 살아. 물론 개중에는 공부 열심히 하는 애들도 있지만, 공부가 길어져 끝까지 이겨 내지 못해 조현병에 걸린 애들도 있고. 그런 애들 중에는 부모님과도 연락 두절로 버림받기도 해. 우라질…….”

모두는 조용히 할아버지 말을 들으며 고개를 끄덕였다.

“살던 짐을 고스란히 놓고 사라진 애도 있었어. 방을 정리하면서 보니 몇 푼 안 되는 돈과 주민등록증까지 놓고 갔더라고. 지금 생각해도 안타까운 일이지. 썩을 놈의 세상……. 그래서 결과보다는 과정이 중요하다는 거야. 안 되면 얼른 다른 길로 돌아설 줄도 알아야 하고."

할아버지는 이런 아픔과 소통이 필요한 이들을 위해 품바 공연을 계획했다고 한다. 잠시라도 그들의 응어리진 속을 뻥 뚫어 줄 놀이를 하면서 함께 울고 웃는 법을 경험시켜 주고 싶었단다.

할아버지는 공연을 하려면 든든히 먹어야 한다면서 아저씨와 봄이 아줌마에게도 음식을 권했다. 공연이 시작될 즈음, 403호 누나는 할아버지께 인사하고 슬쩍 빠졌다.

"변호사 됐다고 여기 잊으면 안 돼! 이렇게 사는 사람들을 위해 정직한 변호사가 되라고! 알았지?"

"네, 명심할게요! 할아버지도 아프지 마세요!"

누나는 나를 향해 손을 흔들어 보이며 사라졌다.

"배도 채웠으니 이제 시작할까요?"

"그러자고!"

봄이 아줌마가 먼저 엉덩이를 실룩거리며 북을 신나게 두드렸다.

"얼− 씨구씨구 들어간다.

고시촌 사람들 들으시오.

고시촌 사람들 모이시오.

막걸리 돼지고기 홍어회
샐러드 수박 참외 포도
여러분을 위해 준비했소.
싸게 싸게 오시오."

고시원 안에서 반응이 없자, 아저씨가 꽹과리를 들고 햇살 고시원 층계를 올랐다.
"뭣들 하시오 나오랑게요
싸게싸게 나오시오."
꽹과리를 신나게 두드리자, 빼꼼히 얼굴만 내밀던 사람들이 방에서 하나, 둘 나오기 시작했다. 주변 고시원 사람들까지 모여들어 주차장이 금방 그득해졌다. 사람들이 술렁이자 할아버지가 마이크를 잡았다.
"많이들 드세요! 음식은 얼마든지 있습니다. 공연은 딱 2시간만 할 겁니다. 소란스럽더라도 양해 바랍니다. 고시촌 만세!"
할아버지가 만세를 부르자, 아저씨의 신나는 공연이 이어졌다. 봄이 아줌마가 합세하자, 아이돌에 익숙한 나까지 엉덩이가 들썩였다. 한창 무르익을 즈음, 고시촌 골목으로 아이를 안은 한 남자가 장단에 맞춰 어깨를 실룩이며 나타났다. 그 뒤로 젊은 엄마가 커다란 가방을 어깨에 메고 따라온다. 아이를 내려놓자, 아이는 좋아라, 박수를 치며 뒤뚱뒤뚱 발을 굴렸다. 품바 아저씨는 쿵작

쿵작 4박자 반주기를 틀어 리듬에 맞춰 동요를 불렀다. 진짜 멀티다. 아니, 엔터테인먼트다.

"개울가에 올챙이 한 마리 꼬물꼬물 헤엄치다
뒷다리가 쑥 앞다리가 쑥 팔딱팔딱 개구리 됐네."

501호, 송철민 형과 송송이였다. 할아버지는 송이를 번쩍 들어 안았다.

"하하, 햇살 고시원 1호입니다! 송송이……. 이름도 내가 지어 줬습니다. 예쁘죠?"

홀로 지내는 사람들 앞에 이제 막 걸음마를 뗀 아가라니……. 모두들 고개를 빼고 어쩔 줄 몰라 했다.

"송이야, 인사해야지? 네가 배 속에 있을 때 살던 곳이야. 안녕하세요? 인사해!"

송이가 할아버지 품에서 고개를 까딱대다가 할아버지 얼굴을 보자, 우왕-하면서 울음을 디트렸다. 사람들이 와그르르 웃었다. 나도 송이를 안아보고 싶었지만 할아버지 품에서 싫다고 버둥대는 걸 보면서 마음을 접었다. 501호 부부는 좋아 보였다. 광양에 둥지를 틀었고, 회사 사택에서 지낸다고 예전에 할아버지께 들었다. 501호 형은 명절이나 어버이날에 선물도 보내고 전화도 한다며, 내년 봄 결혼식에 할아버지께 주례를 부탁하러 겸사겸사 왔다고 한다.

품바 아저씨의 메들리 노래가 이어지고 우리는 함께 어울려 노래하며 춤췄다. 흥이 한창 무르익을 즈음이었다.
"호르르륵-삑!"
호루라기 소리와 함께 품바 아저씨의 노래가 툭 끊겼다. 반주기만 쉬지 않고 돌아간다.
"고성방가 신고가 계속 들어옵니다. 여기서 이러시면 안 됩니다."
드디어 올 것이 왔다. 고시원 사람들은 대부분 전면에 나서지 않는다. 부당하거나 화가 나면 멱살잡이 대신 신고를 한다. 내 그럴 줄 알았다.
"미안하게 됐소!"
할아버지가 나서자, 두 명의 경찰관이 아저씨와 아줌마에게로 다가갔다.
"어서 짐 싸요. 벌금 내기 싫으면……. 고시촌에서 뭐 하는 짓입니까?"
아저씨가 어쩔 줄 몰라 하자, 할아버지가 나섰다.
"이제 마무리할 거요. 이 사람들은 죄 없소!"
"신고가 들어왔다니까요? 우리는 법대로 할 수밖에 없습니다."
"법? 좋지! 슈퍼 앞에서 고성방가하는 건 괜찮고, 여기 힘든 사람들을 위해 잠깐 시끄러운 건 죄인 게 법이오? 설명해 보시오! 그 잘난 법으로. 죄가 된다면 얼마든지 벌금 내리다! 나한테는 벌금보다 중요한 일이니까."

"……."

와우, 할아버지가 경찰들 입을 콱 틀어막았다! 우리 할아버지지만 엄청 멋지다.

"그리고 신고한 사람들 들으시오, 숨지 말고 나오쇼! 나와서 한바탕 놀아 보자고! 두 시간도 못 참는 인간들이 사방이 꽉 막힌 방구석에서는 왜들 그렇게 잘 참는 거요?"

할아버지 말에 누군가 박수를 치기 시작하자, 모인 사람들 모두가 박수를 치며 외쳤다.

"나와라!"

"나와라!"

경찰들이 우왕좌왕하는 틈에 아저씨의 애드리브 노래가 이어졌다.

이래도 한 세상, 저래도 한 세상
고성방가 웃기시네.
풍바 각설이 없어봐라.
인간사 얼마나 삭막할지.
청소부 없어봐라.
쓰레기는 누가 치우나?
똥 푸는 사람 없어봐라.
니가 싼 똥 네가 먹는다.

에헤야,

우리 모두 잘 살아보세.

"다 같이!"

모두는 어깨동무를 하고 선창과 후창으로 한 소절씩 따라 부르기 시작했다. 경찰관들이 호루라기를 '삑, 삑- 호르르륵-' 냅다 불어댔지만, 아저씨들의 흥겨운 노래에 묻혀 금세 사라져 버렸다.

10월의 하늘, 아저씨들의 상기된 얼굴처럼 붉게 물든 단풍잎들도 흔들흔들 춤을 춘다.

"앗싸!"

테이블을 정리하는 내 엉덩이도 흔들흔들 춤춘다.

"앗싸!"

저 자 와
협의하여
인지 생략

〈나답게 청소년 소설〉
눈물밥

지은이 | 황복실
펴낸이 | 一庚 張少任
펴낸곳 | 돌선 답게
초판 인쇄 | 2025년 6월 20일
초판 발행 | 2025년 6월 25일
등 록 | 1990년 2월 28일, 제 21-140호
주 소 | 04975 서울특별시 광진구 천호대로 698 진달래빌딩 502호
전 화 | (편집) 02)469-0464, 02)462-0464
         (영업) 02)463-0464, 02)498-0464
팩 스 | 02) 498-0463
홈페이지 | www.dapgae.co.kr
e-mail | dapgae@gmail.com, dapgae@korea.com
ISBN 978-89-7574-370-2
ⓒ 2025, 황복실

나답게·우리답게·책답게
* 책값은 뒤표지에 있습니다.
* 잘못 만들어진 책은 구입하신 서점에서 교환해 드립니다.